U0854220

Nadja

André Breton

楚尘
文化
Chu Chen

北京楚尘文化传媒有限公司 出品

娜 嘉

［法］安德烈 · 布勒东 著

董强 译

中信出版集团 | 北京

图书在版编目（CIP）数据

娜嘉 / (法) 安德烈 · 布勒东著 ; 董强译 . -- 北京 :
中信出版社 , 2023.5
ISBN 978-7-5217-5386-8

Ⅰ . ①娜… Ⅱ . ①安… ②董… Ⅲ . ①长篇小说－法
国－现代 Ⅳ . ① I565.45

中国国家版本馆 CIP 数据核字 (2023) 第 033663 号

娜嘉
著者： [法] 安德烈 · 布勒东
译者： 董强
出版发行：中信出版集团股份有限公司
(北京市朝阳区东三环北路 27 号嘉铭中心 邮编 100020)
承印者： 浙江新华数码印务有限公司

开本：880mm×1230mm 1/32 印张：6.5
字数：102 千字 插页：2
版次：2023 年 5 月第 1 版 印次：2023 年 5 月第 1 次印刷
书号：ISBN 978-7-5217-5386-8 定价：68.00 元

版权所有 · 侵权必究
如有印刷、装订问题，本公司负责调换。
服务热线：400–600–8099
投稿邮箱：author@citicpub.com

目 录

《娜嘉》：我译、我读、我看

董 强

这部小书是二十世纪法国现代文学中最杰出、最重要的名作之一。二十世纪八十年代，法语学者冯汉津先生将它翻译成了中文，并撰文进行介绍。我无缘结识冯汉津先生，只听说他是一位非常严肃、非常勤奋的学者。他深感自己因为“文革”，没有很强的法国文学基础，所以在有机会出国学习的时候，抓住一切机会，如饥似渴地学习，在发现了布勒东的这部作品之后，带着激情将它翻译了出来。后来，冯先生竟然因工作量太大、过度劳累而英年早逝。今天常有人说学者有“过劳死”的危险，其实，知识分子一直都处于这样的境地。

对于这样的学者，我是非常尊敬的，由于自己也曾因为翻译《波德莱尔传》而晕倒在地，险些没能苏醒过来，所以深知翻译之苦。对不负责任的译者，也越来越抱有愤怒。

二〇〇六年到二〇〇七年，我为北京大学的法语研究生讲授法国超现实主义思潮，要求学生阅读原文，其中就包括《娜嘉》一书。学生普遍反映文字太难，许多地方不知所云。我就想到了冯先生的译本，请大家作为参考。在十余年之后，我发现这部曾经让我激情满怀的译本存在诸多不完善之处，觉得需要为学生提供更好的参考，于是，就产生了将它重新翻译的念头。

那是因为，冯先生虽然抱有最大的责任感与激情，然而，超现实主义的内涵过于庞大，布勒东的文字风格非常特别，《娜嘉》一书在法语上又有着非常大的难度，所以，由于当时的局限，他的译文只能是差强人意。更主要的是，由于《娜嘉》从没有出过正式的单行本，所以在排版上存在一个基本问题：原书中的大量插图，均没有收入，而《娜嘉》的作者是极为看重这些插图的，它们是该书生命的一部分，与文字相得益彰，拿掉了它们，就等于令它处于残疾状态。所以，为了忠实原文的面貌，有必要为这样一部名著提供一个全新的版本。

有不少地方，确实难度很大，于是，在与学生共同研读的基础上，我一边讲解，一边提供一个译本，再与大家一起讨论，直到大家基本上都接受我的翻译为止。

我非常希望，对于许多法国文学中的名篇佳作，都能有这样的机会，慢慢地、细致地，在随时有反馈的情况下，根据自己的节奏与进度，进行全面的再译。这当然只是一个无法达到的完美的理想状态，然而，一个人的精力固然有限，只要全力以赴，比如一年能出一部高质量的名著重译，那一生下来，也比较可观了。尤其当这一名著对译者自身的修养与对异国文化的接受都有极大的关系，这时译者提出的，就是他对文学的全部理解。

真我

也许是受到了精神分析的直接影响——虽然在《娜嘉》一书中，我们已经可以看出布勒东对精神分析的不满之处——在布勒东那里，意识与潜意识以明显的上下两层出现。从一开始起，作者就以一个颇有意味的文字游戏，区分了两个“我”。法语中的“hanter”一词，既有“经常交往”“纠缠”的含义，又有“鬼魂经常出没”之意，从而一下子就清晰地区分了阳界与阴界两个世界，以及两个世界中的“我”。真正的我，也许需要中止在表面上生活的、正常的、井井有条的、所谓客观的、“阳界”中的我，才能呈现出来。这两个世界，几乎平行存在，两者之间几乎没有出入口，但是，潜意识的世界会在最意想不到的时刻，像火山爆发一般找到喷发的口子。正如“口误”在弗洛伊德看来，是潜意识存在的迹象，是轻微意义上的疾病，同样，作家们的只言片语，往往可以成为他们真正的人格——或者说那个“真我”——呈现的征兆。布勒东以雨果为例，认为他与情人朱丽叶在流放地每日散步时一段程式般的对话，比他的任何作品都更加能够体现雨果的真正人性。这一认识，构成了布勒东的文学观与批评观的基础：一方面，十九世纪的所谓“心理小说”，已经毫无意义，因为它们是纯粹的虚构，没有真理的真实性；另一方面，文学批评需要寻找更加细致的、有关作者的第一手资料，才能更好地认识作者的本性与本意。在这一点上，兰波的“我是另一个人”的观念在布勒东身上所造成的结果，与后来批评界的另一条道路，即“新批评”大相径庭。这一派的批评可以追溯到普鲁斯特，反对圣伯夫、朗松等人的传统批评手法，认为了解作者的生平，对理解作品没有太大的意义，因为，作品中的“我”（如《追忆似水年华》中的马塞尔）与生活中的作者不是同一人。“我是他者。”普鲁斯特说。而布勒东则相信作者与作品构成了同一个整体，只不过人们总是去寻找一些表面的材料，而忽视了那些可以“梅花漏泄春消息”的真正迹象。

自始至终，作者想回答一个问题：我是谁？这个“谁”不是我们生活的累计或总和，甚至不体现为我们所拥有的各种特殊才能，而是一种“普遍的能力”，能够让自己意识到，自己来到世上，来到芸芸众生之间，是为了一个只有自己才肩负的“使命”，而且，这样一个使命的完成，“需以项上的脑袋作为担保”。

娜嘉对布勒东的吸引，在很大程度上是因为她完整地回答了这一问题：“我是游荡的灵魂。”

从蒙田的“我知道什么”，到卢梭的全部剖析自我的努力，到兰波的“我是另一个人”，到高更的“我们从哪里来”，再到布勒东的“我是谁”，法国的文学、艺术总是在探究，成为“自我的雕塑者”。这方面最有代表性的作家，莫过于纪德，以其六十余年事无巨细的、处于创作边缘的《日记》，在记录自身的过程中，观察自身，更创造自身。布勒东的天性与激情，使得他不可能像纪德一样，去持续地关注自身。打持久战不是他的强项，他擅长的，更多是一个又一个的歼灭战。因为他首先是诗人。然而，不知是出于命运的嘲讽，还是由于他特殊的诗性，他并没有像他的好友艾吕雅一样，因诗句而被人记住，而是因为非诗歌形式的散文、小说，因为这部甚至都无法被称为爱情小说的“叙述”。

于是，虚构成为布勒东的一大天敌。因为虚构将人带到离真理、真实越来越遥远的地方。干吗要远离“现实的”生活去虚构，既然**生活本身就是超现实的**？

于是有了布勒东的理想：完全的、彻底的真实。他以透明的玻璃屋的意象，来形容这种无可逃避的真实。这种真实需求，使他不仅摈弃了虚构，而且也摈弃了文学的华丽辞藻与润色。在修订本的前言中，布勒东感慨自己依然没有可能进行太多的润色和改动，因为，出于真实的需求，他所用的文字是一种医生记录病人病情般的直接的、不加修饰的语言，用后来的新小说派代表之一娜塔丽·萨洛特的话来说，是“手术刀般的语言”。

从这一角度来看，超现实主义是二十世纪对文学第一次真正意义上的、全面的革命。布勒东在看到毕加索的作品之后，坚定地要求所有超现实主义者都跟着毕加索的道路走。他这样做，不是没有道理的，因为不论是毕加索对所谓原始艺术、黑人面具艺术的关注，还是他对现实中物品的直接运用（报纸，墙纸，自行车的车把、车座，等等），都对布勒东的文学观产生了直接的影响。如果说毕加索对现实中物品的直接运用，在绘画上直接导致了杜尚的“现成品”，那么，从文学角度来说，布勒东所说的“文学描写”已被“视为无用之物”，以及大量照片的运用，甚至作品中大量真实事件叙述的堆积与裁剪，都可被视为一种与毕加索的创作方式相似的手法。

粘贴

从这个角度去读《娜嘉》，可以看到一个由类似于毕加索的“粘贴”（collage）手法构成的完整结构，尽管整部书显得像是由零乱的事件组成。全书分为三个部分。第一部分阐明作者的生命观、文学观、艺术观，以雨果、福楼拜、于斯曼、德·基里科等人的逸事或作品为例，表明作者与因循守旧的文学观彻底决裂的态度。在假设了两个“我”之后，提出生活中存在着无数“令意识踉跄的事件”和一些“令意识坠落深渊的事件”。这些事件的存在，证明现实并不如人们所想象的那样平滑。它并非由一系列深思熟虑的想法带来顺理成章的结果，而是随时随刻都有可能让意识出现踉跄，甚至让它跌落万丈深渊，好比马的突然“受惊”。古典时代的笛卡尔说：“我思，故我在。”在布勒东那里，思想出现踉跄，甚至坠入深渊，才证明有“我”的真正存在。思危，故我在。

作者在这第一部分中先讲述了那些“令意识踉跄的事件”。一个又一个的小故事，都是真实发生了的，在梦幻、随机、巧合的氛围中，让人感到，现实坚实的地面仿佛就要裂开，如地震前的摇晃。在布勒东看来，这一系列的事件，足以让人冲出办公室，冲上大街，去革命。在这些“踉跄的事件”之后，作者开始第二部分，也是最美的一部分，开始讲述从他与娜嘉相遇到娜嘉被关进疯人院的过程，其中出现不少跳跃，但大致线条清晰。这是让他的意识几乎坠落深渊的事件，然而，最终，真正失去了意识的，是娜嘉。第三部分，也就是结尾部分，相对独立，因为叙述的背景已经时过境迁，读者可能会觉得比较难以把握，其中的主要原因是，在经历了与娜嘉的爱情之后，作者又一次投入新的爱情之中（新的感情对象在文中以“你”出现）。于是出现了一种相对尴尬的局面：书中所表达的情感已经“移情”了，同时却需要给这部本来就不长的作品一个完整性。我们可以说，从情感上来说，是布勒东的诗性与抒情性拯救了这一完整性，同时，在形式上，类似于毕加索的“粘贴”手法带来了新的层面上的完整。所以，虽然在结尾中，我们似乎已经听不到娜嘉的声音，甚至她的名字也已被替代——但作者在文中一直没有提到被谁替代——我们还是可以看到，全书以议论和表达生活观、文学观为始，在这里，作者以同样的议论，以及一种关于“美”的观念的阐述，与开头形成呼应，并实现了自己在文首提出的创作计划：一部“像大门一样敞开的”书。为了使得这一结尾别出心裁，作者运用了大量的修辞和文体上的变换：情诗一般奔放、热情，以“你”相称的抒情语言，愚蠢好笑的趣闻逸事的转述，大量表面上意义并不明确的比喻与隐喻，甚至直接借用一张报纸上剪下来的电报（文章最后一页的电文）——与毕加索的做法如出一辙。在一系列让人晕眩、仿佛能让身体产生痉挛的文体变换之后，作者以一句骇人听闻的对美的定义，让全书戛然而止："美将是痉挛的，否则就没有美。"

如果撇开第一与第三部分，也就是传统意义上的开头与结尾，仅仅看第二部分，主干部分，我们发现，它的条理是清晰的，甚至在一种线性的记述中，具有一种回旋的、戏中戏的结构。它可以再细分为四个小部分。第一部分是一段非常迷人的场景叙述，是本书经久不衰的原因之一，因为作者以一种极其幽默的心态，传神地再现了巴黎塞纳河右岸以圣德尼门为中心的一些街区的状况。这段像黑白照片一般的氛围描写，让无数巴黎知识分子心仪，认为它代表了"超现实主义的巴黎"。在拙译《落差：经受摄影的考验》中，法国著名艺术评论家于贝尔·达弥施在讨论黑白摄影的时候就非常怀旧地讲述了这一超现实主义的巴黎给他留下的童年回忆。这一部分围绕的核心是一出戏，名字就叫《女精神病人》，发生在一所女子学校，与整部作品中娜嘉最后成为精神病人的基调暗合。不论是有意还是无意，作者暗中将戏剧中扮演女主角的演员与娜嘉相比较（初次邂逅娜嘉时，两人化妆程度的比较。饶有趣味的是，剧中人没有化妆，现实中的人却浓妆出现）。第二部分讲述与娜嘉的交往。从作者与娜嘉的相遇，到两人之间渐渐出现裂痕。这是一种特殊的相遇，我们下文还要讲到。两人渐渐相互了解，娜嘉对布勒东具有很大的吸引力，反过来，布勒东对娜嘉的影响也越来越重要。在她的眼中，布勒东就是“神”，他朝着超现实主义的革命理想坚定走去，而且一定能实现自己的理想，因为他是永不熄灭的火焰。而在布勒东的眼中，娜嘉仿佛是永远流动的水，一个不食人间烟火的仙女，一个具有幻觉能力的通灵人，一个赋予人灵感、而自己更是灵感无限的超现实主义的缪斯。而现实中的娜嘉也许只是一个随时可能坠入卖淫泥淖、偶尔还吸下毒的赤贫女子，“马路天使”。第三部分以娜嘉的作品为主，着重介绍娜嘉的绘画世界与超现实主义艺术世界的相通之处。第四部分讲述娜嘉被关入疯人院，以作者关于疯狂的大段议论作为结束。从相遇到分手，布勒东将这段没有持续太长时间的爱情（文中标有日期的日记只持续了八天）讲述得非常清晰，我们可以看出，他无时无刻不在尽力“攫取”娜嘉的灵魂，正如一个黑白摄影大师，试图“攫取”一个人的神。

显现

有这样一类作家，他们会留下至少一个文学形象，成为他们“异性的他者”，可以最完美地体现他们的想象世界：祥林嫂之于鲁迅，月牙儿之于老舍，等等，不一而足。从法国现代文学来看，则有阿尔贝蒂娜之于普鲁斯特，穆谢特之于贝尔纳诺斯，德斯盖鲁之于莫里亚克，等等。对于女性作家亦然：中国北方的情人之于杜拉斯，古罗马皇帝哈德良之于尤瑟纳尔……

对于布勒东，这位“异性的他者”，无疑就是娜嘉。

而这样一个人物的出现，往往具有一种显现，甚至显灵的特征，正如在《圣经》中，耶稣有时是“显现”（apparition）的。

娜嘉的出现，就是这样一种显现。在这种显现的时刻，主体毫无准备，他是波德莱尔笔下的“闲人”，本雅明眼中的“旁观者”。与众人一样，他被单调的时间流程拖着走：“去年十月四日，就在那么一个我常有的完全无所事事、非常单调的下午，我在拉法耶特街上漫步。”正因为有这种百无聊赖的生存状态与精神状态作为铺垫，这种显现具有一种突发性，完全意想不到，具有令人诧异的特征，正如一句美妙的诗，会“突然”打动一个人的心灵：“突然我见到一名女郎，穿着非常寒酸，从对面走来，可能离我还有十步之遥。”而在呈现、显现的时候，作为主体的“我”，也同时进入“他者”的眼帘，甚至更早些：“她也看到了我，或许之前就看到了我。”这种显现具有唯一性，与众不同，如黛玉呈现于宝玉前：“她走路时头仰得很高，与其他路人都不同。”这种显现，让人觉得不是真实的，觉得仿佛是出现了一个超脱于现实的人物，一个仙女，抑或是一朵“丁香”，正如雨巷中戴望舒所企望见到的，没有人间的烟火，不受地球引力的影响：“她是那么纤弱，走路时，好像几乎不触及地面。”此时对“我”造成的震惊——抑或惊愕——抑或诧异——会逼得人去揉揉眼睛，仔细地，运用自己的全部眼光，好好地看，还她一个真实。结果，我们发现：“她的脸上可能浮着一丝难以察觉的微笑。”

就这样，布勒东遇上了他的“另一半”。不是我们心目中浪漫爱情的另一半，而是深层意识的一面镜子，以其与众不同，浓缩地折射出一个人全部的唯一性。

唯一性，也许是理解这本书的钥匙之一。

晚年的杜拉斯，追忆自己的似水年华，突然发现，原来她生命中的“显现”，她生命中最重要的一刻，是在少女时代穿越湄公河的时候。对于自恋的杜拉斯来说，更多的是一种自我的显现，因为，那一刻，是她显现在了那个可怜的中国富家子弟的面前。氛围，感觉，逝去时光的全部呈现：气味，雾，热度，湿度，情爱，性。记忆的远方中的远方的殖民地。

在《娜嘉》中，我们感受不到这样的一种追述努力，而是与“让人喘不过气来”的生活的直接竞争，夸父逐日般的与时间的争夺战。作者在一个自己添加的注解中，描写了一位在蓝色海岸画落日的画家。此人在做着滑稽而感人的努力，试图将整个太阳落山的情景全部画在一块画布上：“我曾在马赛老港的滨河道上，看一个非常老实的画家在日落前一会儿的时间里，以他全部的敏捷和快速，在画布上与渐渐隐去的光线搏斗……”作者带着好玩的眼光看他去完成永远无法完成的工作：“他的画在他看来是画完了，在我看来，则是世界上最没有完成的画作……”这样的一幅画作，“既很悲凉，又很美”。

对于当时年仅三十四岁的布勒东来说，这样一种与时间的赛跑，还没有任何“悲凉”的地方，它激起的，是一种无比的激情。如果只能用一个词来形容布勒东，那么就应当是“激情”。之所以在这部几乎没有任何爱情场景描写的小说中，人人都看到了爱情，那是因为，它的作者是布勒东，是激情的化身，是将爱情置于最高位置的人。爱情，还有疯狂，以及作者珍爱的“疯狂的爱”。然而，《娜嘉》的魅力在于，疯狂与爱情虽然联系在一起，却一直处于一种理性的，甚至接近于科学的意识的控制之下：最终疯狂了的，是娜嘉，而不是创作主体。也许，这是一部文学史上最为罕见的理性与疯狂处于如此不离不弃的状态中的作品。在整部法国文学史上，也许只有在真正疯了的十九世纪大作家奈瓦尔的作品如《火的女儿》中，我们才能看到类似的理性与疯狂的缠绵对话。理性虽然侥幸逃脱，然而，驱使它一直保持如兰波所说的“值夜的卫兵”那样清醒的那股力量，原是一道熊熊燃烧的火焰；它的逃脱，也许是为了进入另一层次的、更高的疯狂。

黑白

在《娜嘉》中，出现了大量的摄影插图，更增添了此书的唯一性。对于作者来说，这些摄影作品具有一种有机的必要性，它们是作品活生生的一部分。首先，它们免去了文学描写的烦琐，正如在前言中作者所说，描写，早在《超现实主义宣言》中就已被视为无用。同时，大量摄影作品的运用，具有很大的自足性。它们既有图示的作用（插图的文字说明往往就是书中的原文），以黑白的基调为全书营造出一种雨果的浪漫主义作品中黑墨水配图的效果，直接诉诸人的灵魂世界，又相对独立，仿佛一扇扇可以任意打开的新的叙事之窗。

这些摄影插图可以分为三大类：肖像，景物，静物。仅仅这一简单的分类，就可以让人看到，它们几乎涵盖了所有的美术领域。超现实主义与美术的姐妹关系，在本书中就已经体现得淋漓尽致。

肖像作品中，有作者喜爱的超现实主义重要代表，艾吕雅、代斯诺斯、本雅明·佩莱，还有作者最喜爱的一张自己的肖像照片。女性则有女演员布朗什·黛瓦尔、女通灵人萨科。这些肖像具有一种验明正身般的真实性，时时告诉读者，一切都是真实的，超现实本身就是真实的。同时，特殊的黑白效果让每一个人都具有上文提到过的“显现”特征，仿佛正处于黑白照片在成像的过程中从无到有、人物线条从白色中呈现出来的那个瞬间。他们是活生生的人，同时，无论是艾吕雅的肖像中过多的眼白、白色衬领与手臂围出的空隙中刺眼的白色之间的呼应，还是萨科女士类似古代女骑士的头罩，甚至唯一微笑着的本雅明·佩莱的类似滑稽演员的笑容，都在传达一种其他信息，告诉人们，他们具有唯一性，超越了常人。纸张成为真正的“灵媒”，过滤出人物的灵魂深处。而其中唯一的一个“反面人物”，精神病医生克洛德，则毫无掩饰地流露出作者所说的愚蠢与死板。

我们可以看到，在肖像作品中，唯独缺了娜嘉的照片。在场与缺席的辩证，在这本书里达到了一种完美的体现。唯一一张与娜嘉有关的照片，是一张合成的、仅仅限于眼睛部位的照片，而且我们无法确定，是否真的是娜嘉的眼睛（要深入布勒东的日记之中，才可以发现，那确实就是娜嘉的眼睛）。图中的眼神，与女演员和女通灵人的眼神极其相似，都是明显的双眼皮下梦幻般的目光。它所传达的，不只是娜嘉的灵魂，更多的是全书的氛围。

书中的景物照片很好地营造了这种氛围。无论是圣德尼门，还是圣图安的跳蚤市场，都闪烁着永恒的巴黎之美，一种与历史接轨的、超现实主义者们所青睐的“美妙”无时无刻不从中出现的氛围。其中最为成功的，也许是太子广场和杜伊勒里公园中的水柱的照片。前者前景中的银白色与背景建筑中的深色形成的反差，加上中景全黑的树干和树枝，让人自然地联想到该场景中娜嘉出现的多个幻觉。而杜伊勒里公园中的水柱，以其刺眼的白色，白发魔女般的视觉效果，极其形象地体现了娜嘉的思维世界。我们可以想象，任何一种描写的努力，都无法达到这样的效果，而且会以其烦琐，让人远离作者实质性的文学诉求。当最擅长文字描写的新小说家罗伯-格里耶与阿兰·雷乃合作，拍摄《去年在马里安巴》的时候，他深深地意识到，文字的描写，如果不伴以相应的黑白图像，绝对达不到他所想要的催眠般的、咒语般的效果。

但是，书中最多出现的，还是类似静物的作品与物品的照片。布勒东一生成就的一大部分，在于他一以贯之的艺术收藏。他的艺术修养，使他具有无比锐利的欣赏眼光。“布勒东藏品”在整个二十世纪具有一种神圣的光环，构成了超现实主义神话不可分割的一部分。由于艺术作品和一些怪异物品的特殊性，任何文字的描述都会显得苍白无力。其中最有力的例子，莫过于一只青铜制成的手套，以及在跳蚤市场找到的“不规则的白色的半圆柱体”物品。关于这两件物品，应当说，书中的文字已经足够精准，然而，没有物体本身的“在场”，我们将永远无法体味它们的神秘，体味它们超越于造型艺术的美感。它们的存在本身，就胜过长篇大论的解释，因为通过它们，即使我们不懂什么叫超现实主义，也可以猜想其大致的方向。

总之，大量的插图，具有醒目的效果，使得这本难以定义的书成为继《超现实主义宣言》之后真正的文学宣言。一种超现实主义的从人到环境、到作品的“大阅兵”。

文字与照片的关系，给这本书带来了无可比拟的独特性和真正的现代性。当罗兰·巴特提出“刺点”（punctum）的概念时，心中想到的，未尝不是布勒东作品中那些将人引向另一世界的符号与迹象。从这一角度来看，也许，在二十世纪法国文坛上最接近于《娜嘉》的作品，是巴特的《明室》。

这样的一种插图形式，以及上文提到的与时间赛跑的做法，使得全书的时间感非常模糊，从而有效地打破了时间的局限性，把时间与空间的视觉上的没影点推向无穷。作者清醒地看到，这是让他的作品脍炙人口的重要原因之一。而在我们看来，也许还因为，本书在全部的表面讲述之外，还有一个更为深层的主题：希望。布勒东的激情源于此，娜嘉的存在意义在于此，整个超现实主义的意义与方向也在于此。

希望

娜嘉（Nadja）这个名字，是俄语中“希望”一词的开头的几个字母，而且按娜嘉自己的说法，“因为这仅仅是开头”。在写作《娜嘉》的时候，布勒东刚刚写了《超现实主义宣言》，超现实主义可谓方兴未艾：开了个好头。此时的布勒东，意气风发，像一团火焰，又是一只为别人指出方向的手。对于革命，对于爱情，对于潜意识的巨大力量，对于超现实主义的能量，他都充满了信心。通过《宣言》，他刚刚为超现实主义定下了基调，与苏波等人的集体创作，开始出现了第一批成果。他需要一部属于自己的个人作品，一部能够浓缩自己理论的、为新文学开风气之先的作品。与娜嘉这位奇女子的相遇，为他提供了创作这样一部作品的机会。充满激情的他，无意在这个开头上停留太久，接下来的又一次爱情，让他一度以为他在娜嘉身上寄托了开头的希望，已经在另一位女子那里得到了完全的实现。反衬之下，他与娜嘉的爱情，仿佛注定要结束，因为娜嘉更多是他的观察对象，他几乎是被动地被娜嘉的种种异想天开的行为牵着走，自己被迫成为一个个事件的观察者与记录者（只有在一小段叙述中，我们看到了作者对娜嘉的牵挂）。娜嘉仿佛是一系列替代之链中的一个环节而已："你毫无心机地替代了我最熟悉的那些形象，取代了我预感中的许多形象。娜嘉是这几个形象中的一个，你将她隐去，真是太好了。""我所知道的是，类似的人与人的替代，将在你这里终止，因为你是不可替代的，而且对我来说，再明显不过的是，这一系列的谜只有在你之前，才会终止。"如此绝对的断言，经不起真实的冲击。事实是，这位女子很快就离开了布勒东，正如他自己的预言：因为那女子双手中捧的，不是其他，而是"黎明"，一天的开始。

也许正是这样的结局，使得作者真正进入了周而复始的、永远带着"希望"的历程之中。布勒东虽然一生没有留下任何一部旷日持久、主题一贯的长篇小说，仿佛永远处于"开始"之中，然而，在其内心深处，他一直听从着那个"真我"的召唤。在整个超现实主义潮流中，他是唯一一个"从一而终"的完整的超现实主义者。他坚定不移，“上下而求索”，将超现实主义与各种思潮（黑格尔哲学、马克思主义、精神分析、托洛茨基主义等）相结合；他越洋过海，将超现实主义的精神传到美国和拉丁美洲，使得南美成为超现实主义的重镇，使孪生兄弟“魔幻现实主义”发挥得淋漓尽致，转过来甚至影响到中国的现代文学。不论是北美洲的原住民文化，还是澳大利亚的土著艺术，不论是非洲的反殖民主义浪潮，还是南美洲的独立运动，到处可以看到布勒东的精神的影响。即使在时过境迁、出现全新的历史条件和社会状况的时候，他还与作为后起之秀的存在主义者进行论战。直到生命的最后一刻，他都是完整意义上的超现实主义者。虽然他的去世标志了超现实主义的集体运动在法国的终结，但是，在法国乃至世界文学中，布勒东直接影响了一大批年轻作家。二〇〇七年十二月二十二日，布勒东最忠实的捍卫者之一、年近百岁的法国著名作家格拉克去世；二〇〇八年四月十七日的清晨，被布勒东称为“超现实主义的抒情丰碑”的马提尼克著名诗人、政治家塞泽尔以九十五岁的高龄去世；而其他一些受到超现实主义影响的法国大作家如勒克莱齐奥则依然在进行创作，还以其作品获得了诺贝尔文学奖；甚至可以说，是超现实主义精神，让米兰·昆德拉得以脱离存在主义的教条，形成自己探索“存在”的小说体系……我们可以看到，即使从最严格的意义上来说，超现实主义的“希望”穿越了整个世纪，持续到了二十一世纪的“黎明”。

我们看到，在西方，“超现实主义的”一词已经深入人心，成为一个常用的形容词，来形容一切意想不到的、随机的、荒诞的、美妙的事物。假如说，“荒诞”一词，虽经“荒诞派戏剧”的洗礼，依然没有能够在日常语言中获得狭义之外的含义，成为一个具有丰富、完整的美学意义的概念，那么，相比之下，“超现实主义的”一词的家喻户晓，反过来折射出以布勒东为代表的超现实主义运动的成功。

美是痉挛的，在痉挛与阵痛中，超现实主义每时每刻都会像新生的婴儿一样，给我们这个自以为理性的时代带来非理性的快乐。

超现实主义在我国一直没有得到真正的介绍。相对于它的重要性而言——它是二十世纪西方影响最大的文艺思潮——这样的苍白尤其显得刺眼。研究者一般只能在“自动写作”“非理性”等概念上转圈，而且由于有了荒诞不经、离经叛道的达达式的先入之见，译者往往望文生义，不惭译出大片难以卒读的文字，而且还以为原文风格便是如此。其实，在很多情况下，除了特别的文字游戏——其实那些可能是不可翻译的——像布勒东这样一个指引整个超现实主义方向的清醒的斗士，其文字脉络还是比较清晰的。且不说中国在某种程度上看，是一个非常“超现实主义的”国度，至少，从知识的角度来看，对超现实主义了解上的空白，会直接导致对欧洲乃至整个西方世界二十世纪文学与艺术的历程的无知。这样一部经典作品的中文版的面世，若能起到抛砖引玉的作用，引起人们对这一思潮的某种关注，则译者差可告慰，忘却艰辛。

感谢陈丹青先生和顾铮先生，是在日本东京与他们交谈的过程中，我最早产生了讲解《娜嘉》一书的念头，陈丹青先生更是欣然写下读后感；伍倩同学对娜嘉的真实身份与超现实主义精神之间的关系进行了很好的研究，颇有启发意义，一并附在后面，以助读者的阅读；感谢楚尘先生，在我表示希望翻译此书之后，全力以赴，在极其困难的情况下获得版权，并放弃从台湾地区直接引进繁体译本的最初想法。对于台湾地区同行，我是非常尊重的，但面对这样一部名著，我相信完全有能力提出自己的译本。

最后要感谢北京大学法语系的研究生，没有他们的及时反馈，译者很可能在中途产生放弃的念头：布勒东的文字，不是轻易可以攻下的。所以，尽管尽到了最大的努力，读者的谅解，还是译者需要提前请求的。

2008 年 10 月于南池子

Nadja

娜嘉

前言

（迟到的急件）

如果说，在这本书中，写作，甚至出版任何书籍，都已经被视为一种“虚荣”的行为，那么，又怎么看，它的作者居然还想在那么多年之后，从它的形式上，去完善哪怕一丁点儿！然而，还是需要区分一下，哪些属于情感范围，而且完全听从于它——当然，这是最实质性的——又有哪些是流水账一样，尽可能客观地，将一些以决定性的方式链接在一起的细小事件讲述出来的部分（说来说去，还是勒基埃的千金榆叶子[1]！），无论它们进

1 勒基埃（Lequier，1814—1862），法国十九世纪哲学家。他注意到，一张千金榆的叶子，在飘落的过程中，由于一系列的偶然，最后造成了一只鸟的死亡。由此，他开始了对有关事物之间的影响以及人的命运与自由的思考。——译者注（以下未特别标明者皆为译者注）

入本书是否合适。假如说，尝试去远距离地修改一种情感状态的表达，又不能在现时重新体验一番，肯定会以不和谐和失败而告终（比如瓦莱里出于严谨的强烈需求，去修改他的“旧诗”时，就可以看出），但想要在一些词汇精当和表达流畅方面，再精益求精一下，也许还是必要的。

尤其涉及《娜嘉》，因为这部作品遵从了两个“反文学”的原则：一方面，大量摄影插图的目的是要去除一切描写——描写在《超现实主义宣言》中被视为无用之物——整个叙述的口吻模仿的是一种医学观察，尤其是神经心理学的观察，也就是说，要保留下检查和问诊所能够带来的一切痕迹，同时在记录的时候完全不顾什么文风问题。人们可以渐渐看到，这一尽量丝毫不改变“实际观察”到的资料的做法，既适用于娜嘉这个人物，也适用于一些第三者，以及我本人。也许正是这样一种有意为之的简洁，使得它的读者得到不断更新，因为将它的**没影点**往后推到了一个正常限度之外。

在一个人的一生中，主观性与客观性之间会产生一系列的搏斗，最经常的情况是，主观性很快就狼狈不堪地出局。在三十五年之后（岁月留下的铜锈已经很厚），我所做的围绕着客观性的一些小小改动最多也就是在意一些更好的表达，也只有客观性需要这样做，因为主观性的最大好处——而且它继续对我来说越来越重要——就存在于毫无章法、错字百出的情书中，在一些“错字连篇的色情书”[1] 中。

1962 年圣诞节

1　这是对兰波的一封信的引用。

我是谁？若我破天荒地借用一句谚语来回答，那么，事实上，最终难道不就是要知道，我与谁“经常交往”[1]？我必须承认，这个词让我有些迷惘，因为它有一种倾向，要在我与一些人之间建立起一种比我预想的更为特殊、更不可避免、更令我困惑的关系。它的含义要比它表面上说出来的多得多，它让我在活着的时候就扮演一个幽灵的角色。当然，它所影射的是：我应当中止正在“存在”的那个人，才能成为我所“是”的那个人。从这一角

1 这是一个双关语，法语中有“告诉我，你与谁经常交往，我就能告诉你，你是谁”（或者说，“察其交友，知其为人”）的谚语。这里的“经常交往”（hanter）同时有“纠缠”“萦绕”及“鬼怪经常出没”的意思，所以有下面的一段发挥。

度去理解这个词——这样做并不过分——它就让我觉得，我原本以为的我生命中一些多少带有深思熟虑的客观行为，其实只不过是在这一生命范围之中某种活动的一部分，该活动的真正区域与场所是我完全无法知晓的。我心目中的“幽灵”形象，总与人们心目中惯常的“幽灵”形象一样，不论是它的外表，还是它总在某种时间、某个地点出没的盲目习性，对我来说，更多的是一种内心痛苦的外在化了的固定形象，这一内心痛苦可能是永久性的。很可能，我的生命就是某个类似的形象，我不得不在自以为有所探索、发现时，回到自己的老路上；不得不努力去认识我原本可以认出的东西，去学习我业已遗忘了的东西中的一小部分。这样一个自己的形象，只是出于以下原因，才让我觉得是错误的：它向我预先假定了一个我，它完全任意地将我思想的一个固定形象放在了我的生命之前，而且这一思想没有任何理由向时间做出妥协。在同一时间流程之中，它又意味了一种不可挽回的失去或坠落到人世受苦的想法，而这一想法在我看来，是毫无道德依据的。重要的是，我在这个世界上渐渐发现的自己所具备的特殊能力，并不分散我的心思，让我偏离对一种普遍能力的追求，这种普遍能力应是我所特有的，并非假定。我要努力超越我所知道的自己的各种嗜好、我所感觉到的各种亲和力、我所受到的各种诱惑、发生在我身上并且只发生在我身上的事件，超越许多我看到的自己正在做的动作，以及只有我自己才感受得到的情感，去寻找，我与其他人相比，差异性究竟在哪里，至少我的差异性建立在什么之上。难道不是吗，唯有意识到了这一差异性，我才能告诉自己，在芸芸众生之间，我来到世上，是为了做什么，我又是一项什么使命的唯一肩负者，需以我项上的脑袋作担保，才能确保该使命的实现？

从以上这些思考出发，我希望，文艺批评放弃它最珍视的特权，给自己一个没有那么虚无缥缈的目标，不要再以完全机械的方式对思想进行说明。如此一来，它就可以将精力集中在它以为自己最不可触及的领域中，在那里进行最博学的钻研。这一禁区乃是处于作品之外的一个领域，在那里，作者的个性由于受到日常生活细小事件的影响，在完全孤立的情况下，经常会以一种非常特别的方式表现出来。在我的记忆中，就有这样一则趣闻：雨果在生命的晚年，与朱丽叶·德鲁埃上千次地在同一条道路上漫步，只有在马车经过一座庄园前时，才会打断他宁静的思考。有两扇门通向这座庄园，一扇大门，一扇小门。他会将大门指给朱丽叶看，说："供马车通行的大门，夫人。"而她总会指着小门，回答说："供人步行的小门，先生。"随后，在稍远一些的地方，在树枝互相缠绕的两棵树前，雨果又会说："腓利门与博西斯。"[1]同时，他知道，对于这句话，朱丽叶是不会搭腔的。有人向我保证，说这一感人的仪式，在好多年中，天天都进行着。哪怕是有关雨果作品的最好研究，又怎么可能如此清晰地让我们感受到他曾是一个什么样的人、他就是一个什么样的人？这两扇门仿佛是他力量与脆弱的镜子，虽然我们并不知道，哪一面代表了他的渺小，哪一面又代表了他的伟大。世间所有的智慧又能告诉我们什么，假如它不接受朱丽叶的回答之中所蕴含的可爱的、来自爱情的矫正？雨果作品最细腻、最热忱的注解者也

1 腓利门与博西斯（Philémon et Baucis），西方神话中的传奇夫妻。他们慷慨地接待了天神宙斯和赫耳墨斯，从而躲过了洪水之灾。两人住的茅屋后来变成了一座庙宇，两人去世的时候变成了一对树。他们的名字成为夫妻相爱的象征。

永远无法让我感受到其他任何可以比得上这一最高的**比例**感的东西。我多么希望能够自豪地宣称，对于任何一个我所钦佩的人，我都拥有一份价值如此之大的私人材料。由于没有，我有时就只能满足于一些价值小一些的材料，而且从感情的角度来看，这些材料并不足以昭示什么。我对福楼拜并非崇拜得五体投地，然而，有人确定地告诉我说，他本人亲口承认，写作《萨朗波》(*Salammbô*)只是为了表达"有关黄颜色的印象"，而创作《包法利夫人》(*Madame Bovary*)，则是为了表现"某种类似在一些长满小潮虫的角落里的发霉的感觉"，其他一切对他来说，都不重要，像这样其实属于文学之外的追求，就让我对他颇有好感。库尔贝的绘画作品中美妙的光线，对我来说，就是旺多姆广场上的柱子倒下时的光线。在当今世界，像德·基里科这样的一个人，假如他同意把他以前那样进行绘画创作的原因都直截了当地告诉大家，而且进入那些最细小、最令人不安的细节，那么，他将使得对他作品的诠释迈出多么大的一步！没有他的帮助，或者，他爱莫能助，那么，仅凭他以前的那些油画和我手中拥有的一册手稿，我们只能极不完整地还原他在一九一七年之前的艺术世界。不能弥补这一空白，不能完全抓住在这样一个艺术世界中所有那些与预设的秩序相违背、建立起了一种事物间全新比例的东西，是个极大的遗憾。比如说，德·基里科承认，自己只能在因某些物体位置的特别而感到诧异的时候（作为感到这种诧异的第一人），才能作画。一切艺术之谜，对他来说，就存在于这个词中：诧异。当然，由此而产生的作品“与导致它产生的东西有着紧密的联系”，但是，这两者的相像程度，“就好比是两兄弟长得像，或者说，就像是梦中见到的一个人的形象与现实中真人的相似程度。这是同一个人，同时又不是；在轮廓、线条上可以看出一些轻微、神秘的变形”。除了他所说的这些对他而言具有一种明显特别之处的物体之间的位置关系，艺术批评还应当去关注这些物体本身，去探索，为什么偏偏就是这么几件东西，会以如此特殊的方式摆放成那个样子。只要我们说不出画家面对朝鲜蓟、手套、干饼或线圈等物体时最为主观的视觉，那就等于什么也没有说。在这方面，我们又是多么不能指望来自他本人的合作！[1]

1 不久之后，德·基里科还是在很大程度上满足了人们的这一要求（参阅《建立在七个边之上》，十字路口出版社，巴黎，1929）。——一九六二年版注对我而言，事物相互之间的某种位置关系与人的精神的相遇，还不如精神面对某些事物时的状态重要。事物的位置关系与精神的状态制约着一切感觉形式。因此，我与于斯曼[1]——那个创作了《停泊》（*En rade*）和《那边》（*Là-bas*）的于斯曼——颇有共鸣。我们有共同的方式，去判断呈现在眼前的所有事物，带着因绝望而生的偏见，在存在着的事物中进行选择，所以，尽管我非常遗憾，只是通过作品才得以认识、了解他，但他可能是与我最意气相投的一位朋友。但同时，他也比任何其他人都更好地做了一种必要的、**生死攸关**的区分：一边是外表看上去如此脆弱的圆环，却可以随时救我们的命；另一边则是各种混合在一起、要将我们沉入海底的力量所形成的令人晕眩的机器。他把他面对一切逢场作戏的现象时所感受到的百无聊赖的感觉娓娓道来；在他之前，还没有人能够像他那样，以极其人性的方式，让我相信无意识的绝对的必然性，以及到那里去寻找逃避的无用性，虽然他还没有让我真正看到，在意识的各种可能性业已被

---

1 于斯曼（Huysmans，1848—1907），十九世纪下半叶法国著名作家。一生的创作经历了从自然主义到象征主义的转变，尤其以《逆流》（1884）和《那边》（1891）为代表作。

破坏殆尽的领地上，下意识行为正在伟大地醒来。我是多么感激他告诉了我一切与他有关的东西，他所关注的东西，告诉我他的情绪低落，以及使他情绪低落的东西，而且，他并没有像太多的诗人那样，荒诞地去“歌咏、吟唱”这一沮丧，而是在幽暗之中，耐心地一一列举他能找到的那些完全非意愿性的细小理由，正是这些理由使他继续生活下去，驱使他写作，而且他本人也不清楚究竟是为了什么！他也是那些仿佛来自外界的永恒吸力的对象，这些吸力让我们面对一些纯粹偶然的、或多或少还有些新奇的巧合时，在一定时间内目瞪口呆，无法动弹，而其实，如果我们好好探究自己，我们就会发现，这些吸力的秘密其实是在我们自己身上。我难道还需要说出来吗？我把于斯曼与所有那些写小说的人区别开来，那些人宣称要写与他们自己完全不同的人物，并将人物的身体与精神以他们的方式放到一种框框之中。他们这样做，究竟是出于什么样的目的和需要，那我们就不愿意去知道了。他们将自以为有所了解的一个真人，变成他们故事中的两个人物；又将两个真人，虚构成一个人物，而丝毫不感到不好意思。居然还有人对此类做法津津乐道！有人向我所认识的一位作者提出建议，有关一部他马上就要发表的作品，其中的女主人公很有可能被人认出现实中其实是谁，建议他至少**还可以**改变她头发的颜色。就好像，一旦写成金发女郎，就可以不暴露一名棕色头发的女郎的身份。说实在的，我觉得这已经不是什么幼稚天真，而是着实令人愤慨。我坚持要求讲出人物的真实名字，我坚持只对那些像大门一样敞开的书籍感兴趣，在那些书中，我们无须寻找什么进入书中世界的密码。非常幸运的是，那些纯粹进行小说虚构的心理文学的气数已经将尽。我保证，它们已经受到了致命的一击，不再有抬头的机会，而这一击就来自于斯曼。对我来说，我将继续居住在我的玻璃屋内，人们在任何时候都可以看到有谁来拜访我。在玻璃屋中，一切挂在天花板和墙上的东西，都像是因某种魔力而在那里的，到了晚上，我会在一张放有玻璃床单的玻璃床上休息，在那里，早晚有一天，“我是谁”这三个字会用钻石镶嵌着，刻在上面。当然，像洛特雷阿蒙[1]那样，能够完全消失在自己作品之后的做法，着实让我赞叹，我的耳边也总是

1　洛特雷阿蒙（Lautréamont，1846—1870），十九世纪早夭的法国天才作家，与兰波一起，被视为超现实主义的先驱，其代表作为《马尔多罗之歌》（1869）。

响起他书中那无法逃避的“抽搐、抽搐、抽搐”的字眼。但是，对我来说，像这样一种如此彻底地将自己隐去的情况，总有点不可思议的东西在里面。想要达到这一点，实在有点可遇而不可求，而且我很容易就说服自己，那些人想躲到作品后面去，只能证明他们有着不可告人的东西。

围绕着我在下面要进行的叙述，我想先讲述一下我生活中一些留下了深刻烙印的片段，**而我所说的生活，是在它的有机组织之外的**，也就是说，它完全听命于偶然，从最小的偶然到最大的偶然。这样的生活彻底抵触我对生活的一般想法，将我引入一个类似禁区的世界，也就是一个各种事件在里面突然相遇的世界，一个充满了让人目瞪口呆的巧合的世界，一个本能反应比其他任何脑力活动都更重要的世界，就像是在钢琴上偶然按下的和弦，就像是闪电，可以让我看见什么，而且真的是**看见**，虽然它们有时转瞬即逝。那是一些具有可能完全无法控制的内在价值的事件，但是，它们具有完全无法预料的、强烈的意外的特性，它们唤醒各种模棱两可的想法的联想方式是那么独特，是某种从圣母手中的线一下子跳到蜘蛛网的方式，也就是说，一下子跳到世界上最闪亮、最优雅的东西，即使蜘蛛只能生活在角落中，生活在边缘。这些事件虽然属于纯粹观察到的结果，却每次都具有某种信号的所有表象，然而又无法说出究竟是什么信号，以至于在完全孤独的情况下，我也可以感到有个不可思议的同谋在场，在我每每以为自己是独自一人在船上掌舵时，那些事件说服我，其实这不过是一种幻觉。应当可以将这些事件做一个等级排列，从最简单的到最复杂的；小到我们在看到一些罕见的东西时，或者在到达某个地方时，在我们身上引起的那种特殊的、无法定义的心理趋向，往往伴随着一种非常清晰的感觉，那就是，对我们来说，一种重要的、本质性的东西，受到了这一心理趋向的制约；大到有些时候，一系列事件的发生，一系列情形的出现，完全超出了我们的理解能力，从而使得我们再也无法与自己和平相处。而且，在大多数情况下，我们唯有求助于自我保护的本能，才可以重新回到一种理性的活动之中。在这些“令意识踉跄的事件”与“令意识坠落深渊的事件”之间，我们可以放入大量的中间事件，面对它们，我只能是一个完全惊魂失魄的见证人。在这些事件与其他一些我自诩可以看清来龙、在某种程度上甚至可以预见去脉的事件之间，有着极大的距离。这种距离，对于同一名观察者来说，就好比“自动写作”的句子或文本所构成的一个肯定说法或说法整体，与每一个词都经过了精心挑选、字斟句酌的句子或文本所构成的肯定说法与说法整体之间的距离一样。可以说，对这位观察者来说，他的个人责任在第一种情况下完全没有介入，而在第二种情况下是介入了的。然而，他在第一种情况下要比在第二种情况下更感诧异，更着迷。而且他也更加自豪。同样不乏奇怪的是，他会感到更加自由。我上面已经说到过的那些具有选择性的感觉就是这样，正是它们不可交流的一面，带来了许多无可比拟的快乐。

诸位千万不要以为我会把我在这方面感受到的东西全部记录下来。我要做的，仅限于丝毫不费力气地回忆起有时在我身上发生的、并非回应我的主动要求的事情；那些通过我完全没有想到的途径来到了我身上、让我意识到那些冲着我来的恩宠和灾祸究竟达到了什么程度的事情。我的讲述毫无预先设定的顺序，而且完全听从时间的任性与随机性，它残存了什么，就讲述什么。

我叙述的出发点是先贤祠广场的伟人酒店，一九一八年左右，我住在那里；作为叙述的中转站，是位于滨海瓦朗日维尔市的安戈庄园，一九二七年八月，我住在那里，安戈庄园还一直是老样子。在安戈庄园，有时我不愿有人打搅，老板就请我住到一座用树丛人工围起来的小茅屋中，我可以一边根据自己的意愿工作，又可以从那里出发，去狩猎雕鸮消遣。（既然我想写《娜嘉》，难道还有别的方式吗？）也许随处会出现一两个错误或极小的纰漏，甚至会有混淆，或者真诚的遗忘，从而在我所讲述的事情中，留下一丝阴影，但从整体上来讲，绝对是可靠的。最后，我还希望，人们千万不要因为它们作为事件所占的比例不大，就将这些思想上出现的意外事件视为只不过是些逸闻趣事，那样会是极不公平的。而且，比如说，在巴黎，莫贝尔广场上的艾蒂

“我叙述的出发点是先贤祠广场的伟人酒店……”

“比如说，在巴黎，莫贝尔广场上的艾蒂安·多莱的

雕塑，每次都会整个地吸引我，

并让我感到一种难以忍受的不适感……”

（乔治·西罗 收藏）

安·多莱[1]的雕塑，每次都会整个地吸引我，并让我感到一种难以忍受的不适感，人们千万不要因此就马上做出推断，说我是一个从各方面来看都需要进行精神分析治疗的人。我尊重精神分析这一治疗方法，我认为，它的目的就是要将人从自己身上驱逐出去，而且，我期待着精神分析能够达到比做法庭的执达员更大的成就。同时，我坚信它还无法解决类似的问题，因为，尽管它已经有了许多伟大的成就，但是，说它已经穷尽了梦的问题，或者说它从对人的过失行为的解释出发并没有引发出一些新的行为的过失，就已经是过度夸奖它了。我现在开始讲我自己的经验，讲述在我身上、对我来说几乎是从未间断过的沉思和遐想的对象的东西。

有一天，在勒内·莫贝勒音乐厅，阿波利奈尔的《时间的色彩》（*Couleur du Temps*）首演。幕间休息时，我在楼厅上与毕加索交谈，一位年轻人走近我，简短地说了

1 艾蒂安·多莱（Etienne Dolet，1509—1546），法国印刷商，人文主义者，生于奥尔良市。因捍卫自己的一些无神论想法而被视为异端分子，在巴黎遭受绞刑和火刑。在巴黎五区的莫贝尔广场上有他的雕像。

几句话，最后我终于明白，他把我当成了一位朋友，那人据说已经死在战场上了。很自然，我们当时的谈话就没有再继续下去。不久以后，通过让·波朗[1]的介绍，我开始与保罗·艾吕雅通信，双方根本不知道对方的长相。在一次部队准假的时候，他来看我：那个在演出《时间的色彩》时走近我的，就是他。

在《磁场》（*Les Champs magnétiques*）的最后一页上，写满了“木头、木炭”这些字眼。有一个周日，我与苏波散步。这几个字给了我一种奇特的、探测所有这些字眼所指的商店的能力。我觉得，不论我们走上了哪一条街，自己都能够说出，在街道左右方的哪个位置，会出现这样一家店铺。而且每次都很准。我并非被构成这几个词的字母本身的幻影所引导，而是被一块展示了横切面的圆木，这些圆木简洁地画在商店的正面，形成一小堆，位于店门的两侧，用的是同一种色彩，有一部

---

1 让·波朗（Jean Paulhan，1884—1968），法国作家，因长期担任《新法兰西杂志》的主编而对法国二十世纪上半叶的文坛产生了一定的影响。

保罗·艾吕雅

（曼·雷 摄）

“写满了‘木头、木炭’这些字眼……”

（J.-A. 布瓦法尔 摄）

分稍暗一些。回到家中之后，这一影像还一直挥之不去。从美第奇十字路口传来的木马转动时的音乐声，也让我觉得还是这一块木头。而且，从我的窗口看去，位于两三个楼层下方的背对着我的让-雅克·卢梭的雕像的脑袋，也有同样的效果。看得我吃了一惊，迅速后退几步。

还是在先贤祠广场，一个晚上，很晚了。有人敲门。进来一名女士。今天我已经想不起她的大致年龄与面部轮廓。好像是穿着孝服。她来找一期《文学》(*Littérature*)杂志，有一个人让她第二天带到南特去。这一期杂志还没有出版，但我好像很难说服她相信我。很快，我就发现，她来访的真正目的是要向我“举荐”让她来的那个人，此人不久就要来巴黎定居。(我记住了她当时的说法：“他想闯入文坛。”后来，在知道了她的这句话是用在谁身上以后，我觉得这一说法既好玩又让人感动。)究竟以如此虚幻的方式让我接待、提携的那个人是谁呢？几天之后，本雅明 · 佩莱[1]到了。

南特：可能与巴黎一样，是唯一可以让我遇到一些有价值的事情的城市，在那里有闪烁着热烈火焰的目光（直到去年，我还感觉到了这一点。我驱车穿过南特，见到一个女人，应该是一名女工，旁边有一位男士陪伴，她朝我抬起了眼睛：我当时真应该把车停下），在那里，生活的节奏对我来说与在其他地方都不同，在那里，一种寻找最高层次的奇遇的心态，还可以在某些人的身上找到。从南特，还时不时可以来些朋友，在南特，我特别喜爱一个公园：普罗塞公园。

我眼前又见到了罗贝尔 · 代斯诺斯。那个时期，我们认识他的几个人称之为“睡眠时期”。他总在“睡”，但

1 本雅明 · 佩莱（Benjamin Péret，1899—1959），法国诗人，与布勒东、艾吕雅、阿拉贡和后文中提到的代斯诺斯（Robert Desnos，1900—1945）等人一起，同为超现实主义文学的主要代表。代表作有《伟大的游戏》（1928）等。

“几天之后，本雅明·佩莱到了……”

（曼·雷 摄）

“我眼前又见到了罗贝尔·代斯诺斯……”

（曼·雷 摄）

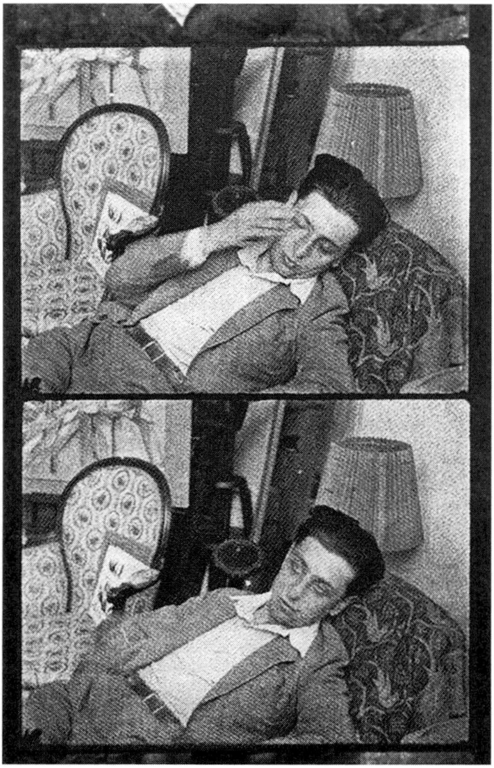

他同时又写作，又说话。那天晚上，在我家中，在“天空小酒馆”上面的工作室内，外面有人喊着：“进来吧，进来吧，进‘黑猫’夜总会！”代斯诺斯继续看到我所看不到的东西，只有他指给我看，我才能渐渐看到。这样做的时候，他经常借用我们当今在世最罕见、最无法确定、最令人失望的一位人物的身份，也就是《制服与号衣的坟墓》（*Cimetière des Uniformes et Livrées*）一书的作者，马塞尔·杜尚。实际上，在生活中，他从未见过杜尚。一些在杜尚那里被人认为是最不可模仿的、通过几个神秘的“文字游戏”（如罗斯·塞拉维[1]）而表现出来的东西，在代斯诺斯那里，可以以最纯粹的方式表现出来，而且往往会骤然带上很深的含义。谁要是没有见过他的笔毫不迟疑地在纸上以一种神奇的速度写下那些复杂如方程式的诗句，没有能够像我一样确定它们并非深思熟虑的结果，那么，即使他可以欣赏它们在技巧上的完美，赞叹他美妙的灵感，也不可能真正感受到这一切意味着什么，不可能意识到他笔下的这一切所具有的作为神谕的

1 罗斯·塞拉维（Rrose Sélavy），杜尚著名的文字游戏之一，根据法语的发音，同时可以被理解为“玫瑰，就是生活”，并带有一定的情色含义。

绝对价值。应当有一个参加过无数次类似写作的人，极为精确地将这些场合描述出来，把它们还原到真正的氛围中。但是，能够不带激情地提到它们的时间还没有到。之后的一段时间里，代斯诺斯往往闭上眼睛，给我定下许多与他、与其他人或者与我自己的约会，没有一个我有勇气不去赴约。我不敢爽任何一个约，不论时间与地点是多么不可思议，甚至我还不能确定，是否真的可以在那里找到他所说的那个人。

就眼下来说，人们至少能够确定，可以在巴黎遇上我。只要在那里待上三天，就一定可以看到我在下午快结束的时候，在《早报》（*Le Matin*）的印刷厂和斯特拉斯堡大道之间的波讷-努韦尔大道走来走去。我不知道为什么，我的脚步总是将我带向那里，几乎总是没有任何确定目的地走到那里，没有任何东西决定我这样做，除了这一冥冥之中的已知数，也就是说，**这事**（？）会是在那里发生。我看不出，在这一段短短的路程中，有什么，即使是在我不知道的情况下，对我构成了一个吸引点，不论是在空间中，还是在时间上。没有：即使是那座非

“没有：即使是那座非常美丽又毫无用处的圣德尼门……”

（J.-A. 布瓦法尔 摄）

Cie Gle FRANÇAISE DE CINÉMATOGRAPHIE

AGENCE GÉNÉRALE CINÉMATOGRAPHIQUE

16, Rue Grange-Batelière, PARIS

L'Étreinte de la Pieuvre

Grand Serial mystérieux en 15 épisodes.

Interprété par Ben Wilson et Neva Gerber.

Cinquième épisode : L'Œil de Satan

Quelle situation épouvantable que celle de Ruth et de Carter entraînés tous deux dans le wagon détaché du train vers l'abîme ! Le pont mobile est ouvert, la voiture qui enferme les deux jeunes gens va se trouver précipitée dans le fleuve. Heureusement, Carter arrive à manœuvrer le frein de la voiture : une fraction de seconde plus tard, et elle plongeait dans les flots.

Mais les Zélateurs de Satan guettaient. Leur ruse infernale ayant échoué, ils se ruent sur Carter : il est jeté dans le fleuve. Quant à Ruth, elle est ligotée, bâillonnée et emmenée en automobile à San Francisco, chez Hop Lee, émissaire du Dr Wang Foo.

Carter est un intrépide nageur. Il arrive à remonter à la surface des eaux, à revenir sur la berge, et la Providence fait que son fidèle lieutenant Sandy Mac Nab, auquel il avait donné l'ordre de le suivre en automobile, apparaît et l'aide à monter dans la voiture. Carter et Sandy filent à toute allure vers San Francisco.

Là, Carter débarque à l'hôtel Wellington où les Zélateurs de Satan ont tôt fait de le dépister. Lui ne songe qu'à retrouver Ruth. Or, dans l'hôtel, il rencontre Jean Al Kasim qui lui donne un renseignement précieux : M Zora, la femme qui voulait tuer Ruth, se trouve logée justement dans la chambre voisine de celle de Carter. Peut-être, en surprenant une conversation de cette femme avec ses complices, Carter arrivera-t-il à découvrir la retraite de Ruth. Carter écoute. Il apprend que la jeune fille est cachée dans le quartier chinois. Il surprend le mot de passe des conjurés, qui est : « L'Œil de Satan. » Il s'est procuré un masque noir identique à celui de L'Homme au Masque, et il pourrait, en passant pour ce dernier, sauver la jeune fille, s'il connaissait plus précisément la place où elle est séquestrée.

Mais il faut commencer les recherches. Carter se rend au bureau du chef de la police. Là un étrange appel téléphonique lui révèle ce qu'il désirait tant savoir. En effet, Ruth Stanhope, qui est entre les mains de Hop Lee, a usé d'un habile stratagème : sans éveiller l'attention de son gardien, elle a soulevé le récepteur de l'appareil et demandé la communication avec le bureau de la police, et c'est elle-même qui, au téléphone, révèle à

"这部电影在众多的电影中给我留下了最深刻的印象……"

常美丽又毫无用处的圣德尼门[1]，即使是我就在附近看到的一部电影的第八个，也是最后一个片段。在这个电影片段中，一个中国人不知怎么找到了一种手法，可以分身，一个人就化出了成千上万个分身，占领了纽约。他进入威尔逊总统的办公室，后面跟着一个又一个他的化身，总统见他进来，拿下了夹鼻眼镜。这部电影在众多的电影中给我留下了最深刻的印象，叫作《章鱼的包围》（*L'Étreinte de la Pieuvre*）。

我习惯于在进电影院之前从不看节目单——其实，即便看了，也不会对我有什么用，因为我记不住五到六个以上的演员的名字——所以我就比别人更容易碰上糟糕的电影，虽然我必须在此承认，我对最愚蠢的法国电影也会情有独钟。而且，我看不太懂电影内容，我只是模糊地跟着剧情走。有时候，我会感到十分别扭，于是就会问邻座的人。尽管如此，巴黎第十区的

1　圣德尼门，位于巴黎十区的古迹，已经失去实际用途，故在这里被称为“非常美丽又毫无用处的”。

一些电影院让我觉得是一些特别合适的场所，可以让我在里面好好地待着，就像在一个时期，与雅克·瓦歇一道，在原来的“戏剧游乐场”的正厅前座，我们坐下来吃晚饭，开罐头，切面包，开瓶子，高声说话，就像是在饭桌上一样，其他观众惊讶得目瞪口呆，也不敢说什么。

从这一角度来看，位于如今已经被毁掉了的歌剧院步行商业廊尽头的“现代剧院”，除了里面上演的戏更加没有意义，实在符合我的理想。那里的戏十分蹩脚，演员对自己的角色只是非常模糊地有点意识，他们之间几乎互不关注，一心只想着与观众拉关系，而观众最多也只有十五六人。演员的演出给我的感觉只不过是背景中的道具而已。但是，有关我的这一最短暂、最敏锐的形象，有关这一我在谈论的形象，我难道还能找到比这一大厅的接待环境更合适的地方？大厅中到处是硕大的旧镜子，下面的装饰是灰色的天鹅缓缓进入黄色芦苇中的情景，包厢是带有栅栏的，完全没有空气、光线，看上去非常不安全。在整个演出过程中，总有老鼠在跑来跑

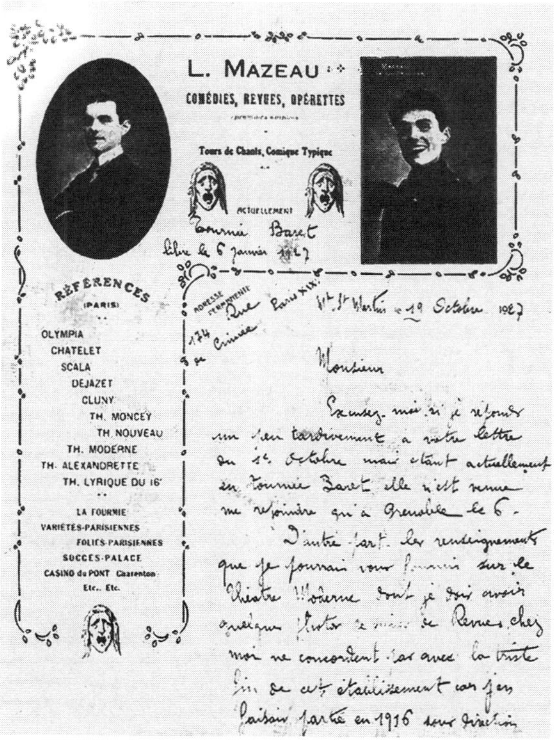

L. MAZEAU

COMÉDIES, REVUES, OPÉRETTES

Tours de Chants, Comique Typique

ACTUELLEMENT
Tournée Baret
libre le 6 janvier 1927

RÉFÉRENCES
(PARIS)

OLYMPIA
CHATELET
SCALA
DÉJAZET
CLUNY
TH. MONCEY
TH. NOUVEAU
TH. MODERNE
TH. ALEXANDRETTE
TH. LYRIQUE DU 16e

LA FOURMIE
VARIÉTÉS-PARISIENNES
FOLIES-PARISIENNES
SUCCÈS-PALACE
CASINO du PONT Charenton
Etc., Etc.

ADRESSE PERMANENTE
174 Rue de Crimée Paris XIX

St Martin le 19 Octobre 1927

Monsieur

Excusez-moi si je réponds un peu tardivement à votre lettre du 1er Octobre mais étant actuellement en Tournée Baret elle n'est venue me rejoindre qu'à Grenoble le 6.

D'autre part les renseignements que je pourrais vous fournir sur le Théâtre Moderne dont je dois avoir quelques photos et mises de Revues chez moi ne concordent pas avec la triste fin de cet établissement car j'en faisais partie en 1916 sous direction

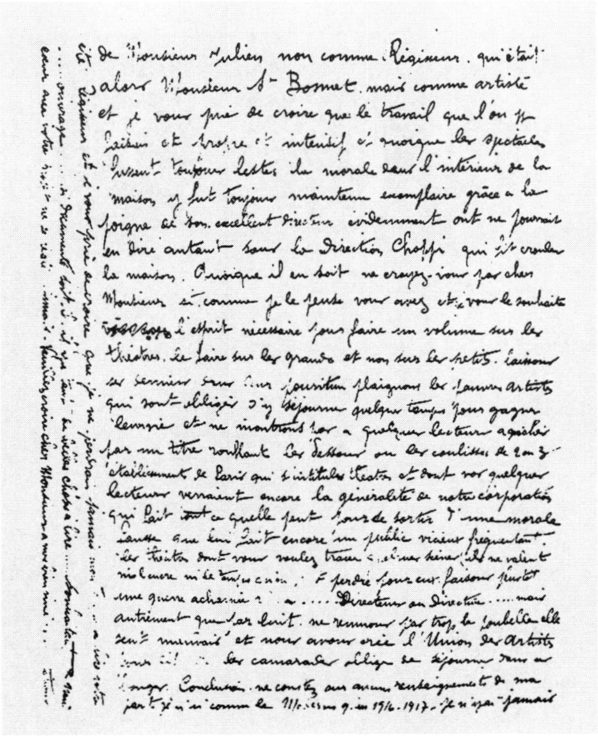
et de Monsieur Julien non comme Régisseur, qui était
alors Monsieur St Bonnet, mais comme artiste
et je vous prie de croire que le travail que l'on y
faisait et [illegible] était intensif et quoique les spectacles
fussent toujours lestes la morale dans l'intérieur de la
maison y fut toujours maintenue exemplaire grâce à la
poigne de son excellent directeur, évidemment on ne pourrait
en dire autant sous la direction Choppi qui fit crouler
la maison. Quoique il en soit ne croyez-vous pas cher
Monsieur si comme je le pense vous avez et je vous le souhaite
[illegible] l'esprit nécessaire pour faire un volume sur les
théâtres, le faire sur les grands et non sur les petits. Laissons
ces derniers dans leur [illegible] plaignons les pauvres artistes
qui sont obligés d'y séjourner quelque temps pour gagner
leur vie et ne montrons pas à quelques lecteurs agichés
par un titre ronflant les dessous ou les coulisses de 2 ou 3
établissements de Paris qui s'intitulent théâtres et dont vos quelques
lecteurs verraient encore la généralité de notre corporation
qui fait tout ce qu'elle peut pour se sortir d'une morale
[illegible] que lui fait encore un public vicieux fréquentant
les théâtres dont vous voulez tracer [illegible] ils ne valent
ni l'encre ni le [illegible] [illegible] perdre pour eux. faisons plutôt
une guerre acharnée [illegible] .... Directeurs ou Directrice .... mais
autrement que par écrit. ne remuons pas trop la poubelle elle
sent mauvais et nous avons créé l'Union des Artistes
pour [illegible] les camarades obligés de séjourner dans ce
[illegible]. Conclusion. ne comptez sur aucun renseignement de ma
part. Je n'ai connu le [illegible] qu'en 1916-1917. Je n'y ai jamais

去，时不时碰上你的脚。一进入剧院，你的选择不是一把座位下陷的椅子，就是一个椅背向后翻的座椅！而且，从第一幕到第二幕——因为等到第三幕就实在是过于客气了——我那见到过二层的“酒吧”的眼睛还能够再看到什么呢，是的，真的？那第二层也是那么阴暗，它的栏板丝毫不透光，就像是“湖中的厅堂”。由于我经常去，在经历了这些能够想象的最可怕的受罪之后，我终于有所回报，记住了一段非常纯粹的歌词。那是一位女士，而且居然还很美丽，在那里唱：

我的心灵之屋已经准备就绪，
它的门只向未来打开。
既然我已经无所遗憾，
我英俊的丈夫，你可以进来[1]。

我总是非常渴望，在夜晚，一片森林中，遇见一位美丽、赤裸的女郎，或者，由于这样一个期望一经表达出来就不再有任何意义，更应该说，我非常遗憾没有能

---

1 另起一段时，变成了“我的新情人啊，你可以进来”。——作者注

够遇上她。说到底，心中假设会有这样一种相遇，并非那么疯狂：完全是有可能的。我会觉得一切都一下子停止了，啊，我不再写我正在写的东西。我非常喜欢这样一个场合，它在所有场合中，可能是我会最缺少机灵劲儿的场合。我想，我可能都不会有逃走的机灵。（谁要是嘲笑这最后一句话，谁就是猪猡。）去年，在一个下午快结束时，在“电宫”旁边的长廊里，就有那样一位想必脱掉大衣就完全赤裸的女郎，在一排排座位间行走，浑身雪白。那就已经够震撼人的。可惜的是，“电宫”的这一角落没有任何与众不同的地方，因为它只是一个毫无意义的寻欢作乐的场所。

但是，对我来说，真正下沉到精神的最底层，在那里，只有夜晚的降临和升起（那不就是白天了？），是回到喷泉街，到“双面具剧场”去。后来它已经变成了一个小酒馆。我不顾自己对戏剧并无喜好，还是常常去那里，坚信正在那里上演的那个剧目不可能太差，因为所有的评论都在大骂它，甚至要求禁演。这出戏在众多构成该剧院保留节目的“恐怖戏”类型的最糟糕的节目之中，显得严重不合拍：大家应当同意，仅凭这一点，就是一个不太俗的推荐理由。而且，我要毫无保留地说出我对《女精神病人》(*Les Détraquées*)一剧的推崇，它将永远是我愿意回忆起的唯一的戏剧作品(我指的是：仅仅是为了舞台而创作的)。我要坚持的是，这出戏有个非常特别的特点：如果不是亲眼所见，至少，如果每个演员的演出不被用动作模仿出来的话，那就几乎什么也没有了。既然已经说出了对它的保留意见，我就觉得讲述一下它的主题也并非毫无用处。

剧情的背景是一所女子学校：幕布一拉开，我们看到的是女校长的办公室。此人金黄头发，四十岁上下，一举一动看上去非常威严。她独自一人，显得非常坐立不安。马上就要放假了，她正焦虑地等着某人的到来："这个索朗日，她应该到了呀……"她在办公室内神经质地走来走去，摸摸家具，碰碰纸，时不时走到窗户边，窗外是一个花园，刚刚开始课间休息。可以听到钟声，随后，四处传来女孩子们欢快的叫喊声，又很快就传远，变得模糊不清。一个迟钝、愚笨的园丁，摇着头，以一种让人无法忍受的方式在说话，他在理解上总是慢上好几拍，在发音上总是出错。他是这所女生寄宿学校的园丁，走到门边，口中嘟嘟囔囔地说着让人听不懂的话，好像不想走开。他是刚从火车站回来，却没能接到索朗日小姐："索——朗——日——小——姐……"他说话时每个音节都拖得很长，就像是趿拉着一双旧鞋。大家也都不耐烦起来。此时，一位年老的女士，在递上名片之后，被引了进来。她收到了她孙女一封内容不太清晰的信，信中请求她尽快来找她。她很快就被校长说服，放下心来：在每年的这个时期，孩子们都有点神经质。其实只要把小女孩叫来，问她是否真的要抱怨具体的某人或某事，就可以放心了。她这就来了，拥吻了祖母。很快，我们就发现，她的眼睛直勾勾地看着问她问题的人的眼睛，再也无法移开。她只做了几个表示否认的动作。她为什么不能等到颁奖的时候（再叫她的祖母前来）？因为几天之后就要颁奖。我们可以感到她是不敢说什么。她会留在学校的。女孩顺从地退出去。她走向门口。等到了门槛边时，内心好像在激烈斗争。她跑着出了门。祖母在感谢之后，离开了。又剩下了女校长独自一人。接下来是荒诞无比的、可怕的等待，也不知道是什么物体被移了地方，什么动作重复了又重复，不知道怎么办才能让等待的那个人来临……终于传来了一辆汽车的声音……观众一直观察着的那张脸变得明亮了。就像是看到了永恒。一位可爱的女性没有敲门就走了进来。等的就是她。她稍稍抗拒了一下前来拥抱她的手臂。是金黄色头发，还是棕色，我不知道。很年轻。眼睛非常美，眼中带着慵懒、绝望、细腻和残忍。很瘦，穿得很简洁，深色裙子，黑色丝袜。而且带有我们尤其喜欢的那么一丝“失去了社会地位”的神态。剧情没有说她来是为了什么，她只是道歉，说有事耽搁了。她表面上的冰冷，与对她的热情接待形成了最大限度的反差。她说着话，带着一副无所谓的样子，显得有些做作，讲她从去年同一个时候来过这里以后的生活，并没有发生太大的事情。也没有明确说她现在教书的学校。但是（从这里开始，两人的交谈就开始变得非常具有隐私性），接下来讲的是索朗日与一些有魅力、漂亮、没有那么聪明的女学生的良好关系。她变得陷入遐想。她说出的话要靠近她的嘴边才能听清。突然，她停了下来，大家几乎没有看到她打开包，接着就露出了一条美妙的大腿，就在黑色吊袜带上方的那个地方……“啊，你以前可不扎针！——不，唉，现在，又能怎么办。”这个回答以一种令人心碎的语调说出。索朗日好像重新有了活力，轮到她开始打听：“那你呢？你这边怎么样？说呀。”这边也有一些非常讨人喜欢的新女生。尤其有一个。那么温柔。“亲爱的，你

“刚才的那名女生一语不发地走进屋子……”

（亨利·马努埃尔 摄）

看。”两位女士就在窗前靠了好长一会儿。沉默。**一个球掉进了办公室内**。沉默。“就是她！她在上楼。——你觉得吗？”两人站着，靠在墙上。索朗日闭上眼睛，放松自己，呼出一口气，一动不动。有人敲门。刚才的那名女生一语不发地走进屋子，慢慢地走向球，眼睛直视着女校长。她踮着脚走路。幕落。——到了下一幕，已经是晚上，在房子的前厅。已经几小时过去了。来了一名医生，带着医药包。有一名女孩子不见了。但愿她不要出什么事！大家都在忙碌，房子与花园都已经找遍了。校长比之前要安静得多。“她是一个非常温柔的女孩子。可能有点太伤感。我的上帝啊，她的祖母几个小时前还在！我刚刚送走她。”医生有点狐疑：连续两年了，总在孩子们要离校的时候，发生一起事故。去年是在井中发现了尸体。今年……园丁又在那里嘟嘟囔囔，结结巴巴。他已经往井里看过了。“奇怪，真是奇怪。”医生怎么问园丁也是白问：“奇怪。”他已经提着一盏灯查遍了整个花园。同时，女孩子也不可能出了学校。门关得紧紧的。到处是墙。在房子里也是什么也没有。这个粗人还在那里可怜地自言自语，以越来越听不懂的方式，重复同样的东西。可以说，医生已经不再听了。“奇怪。去年。我什么也没看见。我明年应该再放一根蜡烛……这小女孩能在哪儿呢？大夫。是啊，大夫。真的很奇怪……就是啊，昨天不是索朗日小姐刚来，这不，一会儿就……”“什么，你说什么，那位索朗日小姐，来过这里？你肯定吗？（啊，比我想的还要严重，跟去年一样。）让我来。”医生在一根柱子后面埋伏。天还没有亮。索朗日穿过舞台。她好像没有参与众人的骚动，就像一个电动木偶一样，径直向前走。——又过了一会儿。怎么找也是白找。又是女校长的办公室。孩子的祖母刚刚在会客室内受了伤。必须马上治疗一下。看上去这两名女士都是问心无愧、心安理得的样子。大家看着医生。侦探。仆人。索朗日。女校长……她在找一剂强心药，走向放纱布和包扎用品的大柜子，打开……女孩子浑身鲜血的尸体露了出来，脑袋朝下，滑落在地板上。尖叫，让人无法忘记的尖叫（剧院的有关方面事先还特意告诉观众，扮演女孩子角色的演员已经过了十七岁。重要的是，她看上去只有十一岁）。我不知道，是否随着我所说的那声尖叫，整出戏就结束了，但我希望它的作者们（它的创作是由喜剧演员帕劳和一个叫梯也利的外科医生合作完成的，但也可能有某个魔鬼的参与[1]）没有让索朗日受到更大的考验，希望这个过于有诱惑力而不可能是真实的人物并没有受到某种表面上的惩罚，何况她昂首断然地否认了。我只是要加上一句，这一角色是由当今最了不起，甚至可能是唯一的一位女伶扮演的，我在“双面具”看过她在许多出戏中出演。在那些戏中，她也是那么美丽

---

1 这些作者的真正身份到了三十年后才被完全弄清楚。到了一九五六年，《超现实主义杂志》（*Le Surréalisme*）才得以发表《女精神病人》的全文，附有一篇 P. - L. 帕劳的后记，昭示了这出戏的来由：“我最初的想法来自一所位于巴黎郊区的女子学校中发生的一些不清不楚的事故。但是，由于接受我投稿的剧院‘双面具’喜欢恐怖戏，我不得不加强剧情激烈的一面，同时又必须完全遵从绝对的科学真理性：我所处理主题的阴森的一面使得我必须这样做。这里涉及的是一个周期性发作的疯狂病症，但是，要想把故事编圆了，我必须得到一些其他建议，而这一领域我并不专长。于是，我的一个朋友，保罗·梯也利教授，医院的外科医生，将我介绍给了著名的约瑟夫·巴宾斯基，他非常乐意地帮我弄清了一些我不懂的东西，使我得以毫无错误地处理了这出戏中可以说是带有科学性的一部分。”我知道巴宾斯基医生在《女精神病人》一剧中参与了合作之后，大吃一惊。我对这位伟大的神经学家记忆犹新，因为我曾经以“临时助手”的身份，在较长一段时间里在他位于慈善医院内的诊所做他的助手。我一直因他对我青眼相加而引以为荣——哪怕这还使他看走了眼，预言我会成为一名伟大的医生——而且，我觉得以自己的方式，从他的栽培中学到了许多东西，我在《超现实主义第一宣言》（*Manifeste du surréalisme*）中对他的教导表示了敬意。—— 一九六二年版注

动人，但是，我感到羞愧的是[1]，后来我再也没有听人说起过她：布朗什·黛瓦尔。

（昨天晚上，在讲述完前面的事情之后，我又听任自己沉浸到我每次重看这出戏时都会有的推测之中。我重看过两到三次，有时会在脑海中自己重演一遍。在球掉进来之后没有出现足够的迹象。索朗日和她的同伙究竟是什么东西的牺牲品，以至于最终成了这样栩栩如生的、贪婪凶残的女人，同样缺少一些迹象，这都是尤其让我感到窘困的。我在今天早晨醒来时，比平时更难排遣一个噩梦的萦绕。我感到没有必要在此把它记录下来，因为它的大多内容来自我昨天的一些对话，与这一题材完全无关。这个梦在我看来非常有意思，因为它很好地说明了一点，即像这样的回忆，只要人们强烈地沉浸进去，是可以对思想活动产生影响的。首先，我看到，这个梦

1 我当时这么说究竟是想说什么？是我当时应该接近她，不惜一切代价地试着揭示她真正**女性**的一面？要想做到这一点，我就必须越过一些针对女演员的预防，因为已经有了维尼、奈瓦尔的前车之鉴。我那样说是检讨自己当时没敢接受“激情的吸引”。—— 一九六二年版注

布朗什·黛瓦尔

（亨利·马努埃尔 摄）

只强调了我的思绪中可怕、可憎，甚至残酷的一面，而有意隐去了在这一思绪中对我来说美妙的一面，就好像是在好几个世纪之后，一块玛瑙或者玫瑰花样的石膏结晶的出土。另一方面，我必须承认，我之所以醒了过来，是因为我极其清醒地看到了在最后时刻发生的事情：一只浅绿色的昆虫，大约五十厘米长，取代了一位老人，正在走向一个类似自动机器的东西；它在机器的小缝中塞入了一个苏[1]的零钱，而不是两个，这在我看来是一种极为可憎的逃票行为，所以，似乎是出于不小心，我用我的手杖打了它一下，感觉到它掉在了我的头上——我看到它的眼球在我的帽檐闪了一下，接下来我就觉得窒息了，人们费了好大的劲，才从我的喉咙中取出了它毛茸茸的两只大爪子，我同时感到了一种无法表达的恶心——很明显，肤浅地看，这一细节主要是因为，在我这几天住的楼层的天花板上，有一个鸟儿筑的窝，有一只鸟围着它飞，每次当它从田野衔回某个东西，如一只大螳螂，我的在场都让它有些害怕。但是，我在此之前讲述的《女精神病人》中的某些片段，以及我刚才所说的

1　苏（sou），法国旧币单位。一个苏的价值很小，略相当于人民币五分钱。

推测，对梦中的这种转移，对这种强烈的固恋，对于一个影像从毫无意义的观察层面到感情层面的不可解释的过渡，还是起到了特殊的作用。由于梦中影像的制造总是至少取决于这种“镜子的双重折射”作用，所以，这个梦指出了某些印象会起的非常特殊、很可能非常具有揭示能力的作用，达到了弗洛伊德意义上的“复因决定”[1]的最高程度。这些印象非常强烈，从根本上与道德无关，真正作为“超越于善恶之上”的东西而被感受到，不论是在梦中，还是在被人们非常粗糙地视为梦的对立，并以“现实”一词加以命名的东西中。）

在一九一五年，兰波对我有一种咒语般的迷惑能力。在此之后，这种咒语被浓缩为几首精华的诗，如《虔诚》（*Dévotion*）。很可能，正是这种咒语，使我有一天在倾盆大雨中漫步的时候，遇上了一名年轻的姑娘，她主动与我说话，而且，就在我们并肩同行了几步之后，直

1 “复因决定”（surdéterminant），精神分析用词，意为由多种条件而非仅由一种条件所决定。

截了当地、主动向我朗诵了她最喜欢的兰波诗歌之一：《山谷中的睡者》(*Le Dormeur du Val*)。那是多么的出乎意料，多么的不合时宜。直到最近，有一个周日，我与一个朋友去圣图安的跳蚤市场(我经常去，去寻找那些在其他任何地方都找不到的物品，它们是过时了的、零碎的、没有用处了的、几乎不能再被理解的，而且，从我所理解和喜爱的意义上讲，是“反常”的，比如说，就像这类不规则的白色的半圆柱体，上了清漆，上面有着我觉得没有特别意义的凸起和凹进的地方，还画满了红色与绿色的水平线与垂直线，非常考究地存放在一个珍贵的盒子中，盒子上面还有一句用意大利语写成的箴言。我把它带回了家中，在仔细审视之后，我最后得出结论，它是用于统计学的，数据分布在三维空间上，统计内容是从某年到某年某个城市的人口数。但就算了解了那么多，我还是不能更好地读懂它)，我们同时注意到了一册非常新的兰波的《作品全集》(*Œuvres complètes*)，混杂在一批薄薄的旧布片、一堆上世纪的发黄照片、一些没有价值的书籍和铁制的调羹的中间。我仔细地翻阅了它，发现里面夹着两张纸：一张是一首在打字机上打出的自由体诗，另一张是用铅笔写下的有关尼采的思考。但

“我与一个朋友去圣图安的跳蚤市场……”

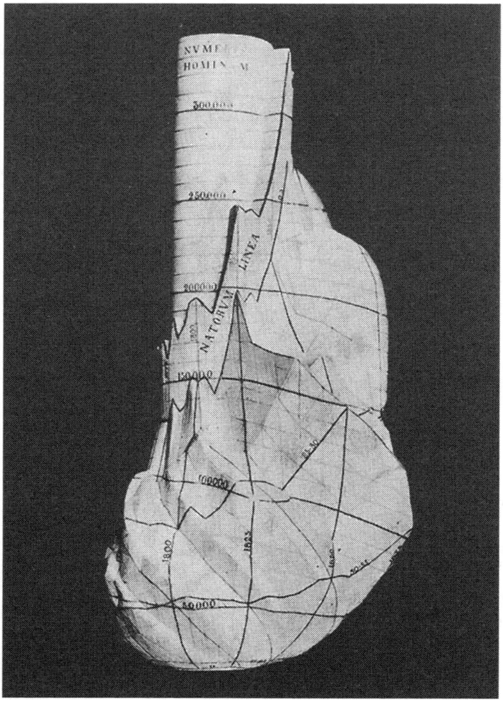

“比如说，就像这类不规则的白色的半圆柱体……”

是，身旁有心无心地看着摊位的女人使我没有时间去知道更多的东西。作品并不出售，里面的文字材料也出自她手。她也是一名年轻的姑娘，笑容可掬。她一直在与一个工人模样、她认识的人说话，谈得很投入，那人看来非常愉快地聆听着她。接下来，我们也开始与她交谈。她非常有文化，滔滔不绝地向我们讲述她对雪莱、尼采和兰波的喜爱。她甚至还主动向我们讲起超现实主义者，告诉我们，她没有能够读完阿拉贡的《巴黎的农民》（*Paysan de Paris*），因为里面有太多的“悲观主义”一词的变体。在她所有的谈话内容中，传达出一种很强的革命信仰。她爽快地将在书中夹着的她的那首诗赠给我，并添上了几首同样非常有意思的诗。她的名字是法妮·贝兹诺斯。

我也记得我曾经以游戏的方式，暗示一名我面对着的女士，将她一副奇特的天蓝色手套送给“超现实主义联合会”，她在造访我们的“超现实主义联合会”时，就戴着这副手套。我还记得，我看到她好像就要同意了，突然感到一阵害怕，又开始请求她，别送给我们了。我不知道在那一刻，我想到的这副手套在永远离开了她的手之后的样子，在我的思想中产生了多么可怕又美妙的决定性力量。但是，这一力量真正达到它最大的、真正的比例，是从这位女士做出一个决定起。她准备在那个我多么希望她不要放那副天蓝色手套的地方，放上她拥有的一件青铜手套作品，那是一件我后来在她家中见到的作品，也是一副女人手套的样子，在手腕处折起，在手指的位置没有任何厚度。我每次见到这副青铜做成的手套，都要忍不住去将它抬起来，每次都会因它的重量而感到惊诧，而且总是不知不觉地要去估量它靠在上面时的那股确切的力，而另一副手套是无法撑住的。

就在几天前，路易·阿拉贡让我观察一家普尔维尔的酒店的招牌，上面用红色的字母打着“红房子”。由于是由 MAISON ROUGE 这几个字母组成，而且是那样的排列方式，所以，站在大路上，从一个倾斜的角度看过去，“房子”（MAISON）一词就隐去了，而“红”（ROUGE）一词被读成“警察”（POLICE）一词。这一视觉的幻觉可以是没有任何重要意义的，然而，就在当

“也是一副女人手套的样子……”

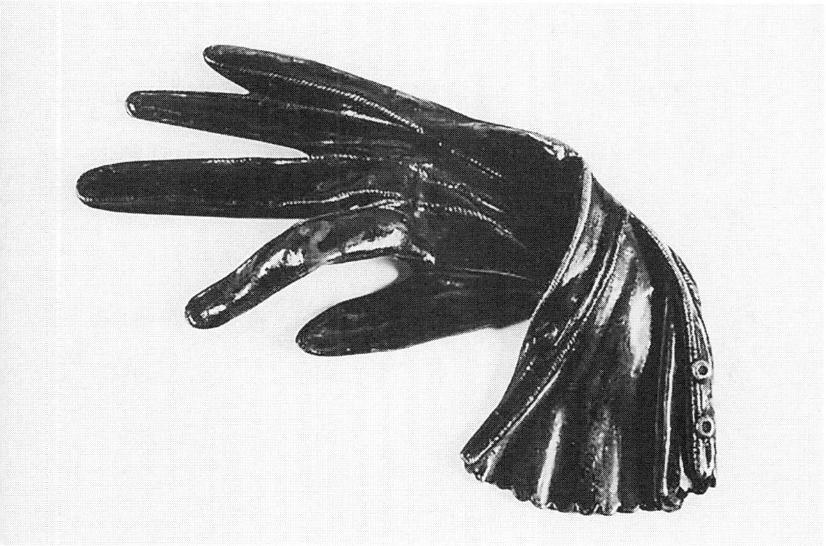

天，一两个小时以后，后来被我们称为“戴手套的女子”的那名女士把我拉到了一幅我此前从来没有见过的可以变形的画作的前面，那幅画是她刚刚租下的一所房子的家具的一部分。这是一幅古老的版画，从正面看，画的是一只老虎，但是，在它的表面竖直地镶嵌着一些小小的条纹，这些条纹本身又分割出另外一个题材，因此，只要朝左边走几步看这幅画，就会看到画的是一个花瓶，如果朝右边走几步看，就会看到画的是一个天使。最后要说的是，我之所以要提到这两件事情，是因为，对于我来说，在这些条件下，将它们进行比较是不可避免的，还因为，根本不可能在这两件事情之间建立起一种理性的关联。

总之，我希望，对一系列这样观察到的现象，以及接下来要讲到的事情的介绍，应当会促使一些人冲到大街上，因为他们哪怕意识不到虚无，至少也会意识到，一切他们针对自己的所谓的严密安排与算计，以及所有苛求一种连续投入的用功、事先似乎深思熟虑的活动，都是远远不够的。任何一件最细小的事件，假设它真的是没有预料到的，都会让这些东西通通成为空话。而且请求大家不要在这之后，来跟我大谈什么工作，我的意思是，大谈什么工作的道德意义。我可以被迫接受工作，乃是出于一种物质需求，在这一点上，我比任何人都希望能够有更好、更公平的社会工作的分工。可悲的生活需求让我不得不接受它，也就没有办法，但如果有人想要我相信工作，要我去尊重自己或别人的工作，那可永远休想。我再重申一遍，我更愿意在黑夜里行路，而不自以为是在白日中行进。当一个人在工作的时候，活着又有什么用呢？每一个人都有权利等待揭示他自己生命意义的事件。这一我可能还没有找到，但我在顺着它的道路寻找自我的事件，**不是以工作为代价就可以出现的**。但是，在这里我说得过早了，因为正是娜嘉的登场让我主要明白了这一点。所以现在再不要拖延，该让她登上舞台了。

终于，现在安戈庄园的钟楼被炸掉了，一片片雪一般的羽毛，从它里面的鸽子身上落下，落在原先填满了乱瓦残石的大院子时融化了。现在，院子里覆盖的全部是真正的血。

《人道报》的书店

(J.-A. 布瓦法尔 摄

去年十月四日，就在那么一个我常有的完全无所事事、非常单调的下午，我在拉法耶特街上漫步：我在《人道报》的书店橱窗前停了几分钟，买下了托洛茨基的新作，之后，漫无目的地继续朝歌剧院方向走。办公室、工作室都开始下班，两旁房子上上下下的门都开始关闭，人们在人行道上握手道别，开始有了更多的人流。我情不自禁地观察着这些面孔，看他们的姿态与动作。唉，还不能指望这些人去闹革命。我穿过一个十字路口，我忘了它的名字，也许根本就不知道名字。就在一座教堂前，突然我见到一名女郎，穿着非常寒酸，从对面走来，可能离我还有十步之遥。她也看到了我，或许之前就看到了我。她走路时头仰得很高，与其他路人都不同。她是那么纤弱，走路时，好像几乎不触及地面。她的脸上可能浮着一丝难以察觉的微笑。她的化妆很奇特，就好像是从眼睛开始化妆，却没有时间完成，但她的眼弦对一名金发女郎来说，显得太黑了。是眼弦，而不是眼皮（像这样一种光泽只有在细心将化妆笔在眼皮之下描过时，才可能出现。关于这一点，有意思的是，布朗什·黛瓦尔在扮演索朗日这一角色时，即使从很近的地方去看，也显得没有丝毫妆容。这是否就意味着，对我来说，在大街上并不太允许而在剧院里却是必需的事情，只有在它唱了反调，不再是在前一情况下被禁止、后一情况下被强迫的时候，才让我觉得有价值？也许吧）。我从未见过这样的眼睛。我毫不犹豫地与这位陌生女郎搭话，同时，我得承认，我也做好了准备，以应对最坏的反应。她笑了，但笑得非常神秘，而且，怎么说呢，就像是知道为什么似的，虽然我根本无法相信这一点。她声称是要去一家位于马让塔大道上的理发店（之所以说她声称，是因为我当时就有所怀疑，而且后来她自己也承认，她其实毫无明确目标地在走）。她向我说了她面临的一些经济上的困难，显得有些没有必要，但这样说，好像只是为了抱歉，解释她为什么会穿得如此寒酸。我们在火车北站附近一家咖啡店的户外座位上停歇。我看她看得更清楚了。在如此美妙的眼睛中，会发生些什么呢？它们反射的是怎样幽暗的神伤，又是怎样明澈的骄傲？她也不问我什么，就开始了一大段自我表述，带着一种好像不合时宜的（或者是非常适宜的？）对我无限的信任。刚开始讲时，我也感到了她眼睛一样的谜。她来自里尔，两三年前才离开，她在那里结识了一名大学生，可能爱上了他，他也爱她。有一天，她决定离开他，而他根本就没有想到，原因是“不让他为难”。于是她就来了巴黎。她从巴黎给他写信，信件之间的相隔时间越来越长，也从不给他留地址。然而大约在一年之后，她偶然遇见了他。两人都非常惊讶。他拉着她的手，情不自禁地说，觉得她变了许多。他的目光落到了她的手上，惊讶地看到她的手居然那么讲究（如今她的手已不讲究了）。于是，很机械地，她的目光也落到了他握着的她的那只手上，忍不住惊叫一声，因为发现他的最外侧两个手指是完全连在一起的。“你受伤了！”年轻人只得将另一只手给她看，上面也有着同样的残疾现象。说到这里，她非常激动，不断地问我："这可能吗？与一个人如此长时间一起生活，有着观察他的所有机会，完全可以发现他任何一个身体上或其他的特别之处，最后居然如此不了解他，居然连这都没有发觉。您相信吗……您相信爱情可以做出这样的事情吗？他当时是那么生气，您说我能怎么办啊，我只好缄默不语了，这双手……于是，他说了一句我没有明白的话，其中有一个我不明白的词，他说：'傻瓜，我要回到阿尔萨斯-洛林去。只有在那里，女人才知道怎么爱。'为什么说傻瓜呢？您也不知道吗？"可以想象，我马上就激烈地回答："别管他。但我觉得这样俗套地说阿尔萨斯-洛林可真是让人厌恶，这家伙肯定是个笨蛋，等等。这么说，他走了，您再也没有见过他？这样更好。"她说了她的名字，是她自己选的："娜嘉（Nadja），因为在俄语中，这是'希望'一词的开头几个字母，也因为这仅仅是开头。"到了这时，她才想到问我，我是谁（从这句话非常狭窄的意义上讲）。我就告诉了她。接下来，她又回到了她的过去，跟我讲她的父亲、母亲。尤其在提到父亲时，她的语气变得非常温柔："他真是个脆弱的男人！您要知道，他一直都非常脆弱。他在年轻的时候，您要知道，可是事事受宠。他的父母很不错。

那时还没有汽车，但他们有一辆非常漂亮的马车，有马夫……相反，到了他那里，一切都很快就完了。我那么爱他。我每次想起他，想到他是如此脆弱……啊！母亲，可就不是一回事了。她是一个普通的女人，就像人们所说的，一个普通的女人，完全不是我父亲应当有的那么一个女人。当然，在我们家里，到处都很干净，但是他，您知道，他不是一个回到家见到她围着围裙就够了的男人。当然，他见到的是饭菜都已经准备好了的桌子，或者马上就会准备好，但他要的不是人们所说的一张饭菜齐全的桌子（此时她带着一种贪婪的、讽刺的表情，做了一个有趣的手势）。母亲，我挺喜欢的，我绝不做任何伤害她的事情。所以，我来巴黎的时候，她知道有人将我托付给了沃日拉尔街上的修女们。当然，我从来没有找过她们。但是，每次我给她写信，都是以这样的话来结束：‘我希望很快再见到你，’并加上一句，‘假如上帝愿意的话，正如某某修女所说……’再在那里加上随便哪个修女的名字。而她看到了一定会非常高兴！在我收到的她的信中，让我最感动的，我愿意用其他所有去换的，是最后附加的话，因为她每次都觉得需要加上一句：‘我总问自己，你在巴黎干什么？’可怜的母亲，假如她知道的话！”娜嘉在巴黎干什么，连她自己也问自己。当然，到了晚上，快七点的时候，她喜欢坐在地铁的二等车厢里。大部分乘客都是刚刚上完班。她坐在他们中间，试图从他们脸上看出他们劳碌的目的究竟是什么。他们肯定在想他们刚刚留下的，到第二天，仅仅到第二天就又要重新拾起的工作，也在想晚上等待着他们的、那些让他们眉头舒展或者让他们更加忧心忡忡的事情。娜嘉看着空中的某些东西："他们当中，还真的是有好人啊。"我情绪激动起来，这一回我生气了："不。而且问题不在这里。只要这些人接受了去工作这件事，就不会有意思，不论是否还伴有其他悲惨的事情。假如不对工作采取最强烈的反抗，他们又能从中学到些什么呢？就在这一刻，你见到他们，而他们并不见到你。我带着我所有的力量，仇恨这一人们迫使我认为有价值的奴役。我怜悯被迫接受这一切的人，大致来讲，他无法从中解脱出来，但是，并非他的痛苦之深就让我觉得应当站在他一面，只有他反抗的力度才能让我做到这一点。我知道，在一家工厂的火炉前，或者在那些每天强迫人们在几分钟内重复同一手势的毫不留情的机器前，或者在别处的任何地方，在让人无法接受的命令之下，或者在监狱中，或者在一群被处死的人前，人们还是可以觉得自己是自由的，但这一自由并非来自人们所接受的苦难。自由，我承认，是对锁链的永久性解脱，然而，为了让这一解脱成为可能，永远可能，需要那些锁链不压垮我们，不压垮您说的那些人。但是，自由同样也是——而且人性地讲更是——让解脱了锁链的人能够走的那些或长或短的、美妙的、连续的**脚步**。这些脚步，您假设那些人能够迈出去吗？他们难道有这样的时间吗？他们有这样一份心思吗？他们是好人，是的，同战场上被杀死的人一样善良，是吗？直截了当说吧，是英雄：大多数是不幸的人，还有几个是可怜的傻瓜。我承认，对我来说，这些脚步才是一切。这些脚步走向何方，这才是真正的问题。最后，这些脚步一定会描绘出一条路来，而在这条路上，谁知道呢，会不会出现让那些没有能够跟上的人解脱锁链的办法？只有在这种情况下，才值得在那里停留一下，同时又不能走回头路。”（可以看到，在这个主题上，我能讲出多少话来啊，只要我决定以具体的方式来讲述这个问题。）娜嘉听着我，没有要与我唱对台戏的样子。也许她压根就没有想要称颂工作的好处。她开始说到自己的健康状况，很成问题。她用自己仅有的一些钱去看的、自己信得过的医生，开出处方说她必须马上出发去蒙多尔山[1]疗养。这个想法让她觉得非常好玩，因为对她来说根本就付不起那钱去旅行。但她相信，如果做一项持续的手工工作，可以在某种程度上取代她无法做到的治疗。出于这一想法，她开始在一些面包店甚至肉店找工作。她以一种纯粹诗性的方式认为，在这种地方，要比其他地方更可以确保她的健康。每次，人们都只肯给她低廉的工钱。也有几次，在答复她之前，老板需要看她两眼。一个面包店的老板向她保证每天十七法郎，后来又抬头看了她一眼，改口说：十七或十八。她非常欢快地说："我对他讲：十七，可以；十八，我就不干。"此时，我们已经信步走到了福布尔-普瓦索尼埃街。在我们身边，人们开始加快脚步，是吃晚饭的时间了。我向她告辞，她问有谁在等我。"我妻子。——结婚啦！啊！那……"接下来用一种非常严肃、非常矜持的口吻说："算了。可是……这伟大的想法呢？刚才我开始非常清晰地看到了它。那真是一颗星星，您在走向那颗星星。您一定会到

---

1 蒙多尔山（Mont-Dore），位于法国中部的中央高原内，因火山爆发而形成。该地有一个叫蒙多尔镇的地方，其温泉具有治病的功能。

达那颗星星那里的。刚才听您讲的时候，我感到，没有任何东西能够阻挠您：哪怕是我……您永远无法像我看到它那样看见那颗星星。您不理解：它就像是一朵没有心的花朵的心。”我无比感动。为了换个话题，我问她在哪里吃晚饭。突然，她身上又恢复了她独有的那种轻快，也许就是那种**自由**：“哪里？（她伸出手指：）那里，那里（两家最近的餐馆），我在哪里就在哪里吃嘛，每次都是这样的。”就在我马上要离开她的时候，我想问她一个可以概括所有其他问题的问题，一个也许只有我能问的问题，但至少这一回，这个问题碰上了一个够得上它的高度的回答：“您是谁？”她毫不迟疑地回答说：“我是游荡的灵魂。”我们说好第二天在位于拉法耶特街和福布尔-普瓦索尼埃街道交汇处的酒吧再见。她说很想读一两本我写的书，而且，见我真的怀疑她能对这些书有什么兴趣，就尤其坚持。生活与人们所写的东西是两码事。她又挽留了我一会儿，告诉我身上有什么感动了她。她说，是**简单**。是我思想中，我的语言中，在我整个的生活方式中，有着的那种简单。这是我有生以来觉得最珍贵的一个恭维。

十月五日。娜嘉先到，提前了，完全变了个人儿。相当优雅，红黑搭配。一顶非常合适的帽子，取下后露出丝毫不再乱的黑头发。她穿上了丝袜，而且鞋子也配得非常完美。然而，交谈却变得困难，在她那一边，变得有些吞吞吐吐，直到她抓起我带来的书(《迷失的脚步》[*Les pas perdus*],《超现实主义宣言》)："迷失的脚步？可是，迷失的脚步不存在啊。"她带着极大的好奇心翻阅着。她的注意力停留在里面引用的一首雅里[1]的诗上：

在欧石楠丛中，史前巨柱的阴阜……

这首诗丝毫没有让她反感。她先是快速地读了一遍，然后又细细地审视了一遍，看来让她非常感动。看到每节四行的第二小节的结尾处，她的眼睛湿润了，眼前出现了一片森林的幻觉。她看到诗人走近这片森林，仿佛她在远远地跟着他："不，他只在绕着森林转。他进不

1　阿尔弗莱德·雅里（Alfred Jarry，1873—1907），法国作家，作品充满荒诞的意象，为超现实主义者们所推崇，代表作为《乌布王》。

去，他没进去。”然后，她看不见他了，又回到诗中刚才她停止阅读的地方之前的几句，细细探究最让她惊讶的几个词，她从每个词中都能看出它所要求的智慧与准确的悟性：

用它们的钢刀，狩猎黑貂和白鼬。

“用它们的钢刀？黑貂……和白鼬。啊，我看到了：扎人的巢穴，冰冷的河流：用它们的钢刀。”

几句之后：

嚼食着由鳃角金龟发出的声音，猫头鹰

（她惊恐地合上书本：）“啊，这可是死亡！”

两部书的封面颜色之间的协调让她感到惊讶，吸引她。她说这色彩非常“适合”我。我这样做肯定是有意为之的（有点）。接下来，她跟我讲她有过的两个朋友的故事：一个是她刚到巴黎时就认识的，她一般称他为“好朋友”，她当时也是这样叫他的。此人一直不希望她知道他是做什么的，她对他依然抱有很强的敬意。那是一个七十五岁左右的男子，曾在殖民地长期居住，他离开她的时候，就说是回塞内加尔；另一个是美国人，好像在她身上唤起了完全不同的情感："而且，他总是叫我莱娜，以纪念他去世了的女儿。这样做很亲切，很感人，不是吗？然而，有时我再也受不了让他这么叫，就像是在做梦一般：莱娜，莱娜……于是，我就常把手从他眼前移过，就像这样，离他眼睛很近：不，不是莱娜，是娜嘉。"我们出了酒吧，她又对我说："我看见了您家里，您的夫人。当然，是褐色的头发。个头不高，很美。啊，她身边还有一条狗。可能还有一只猫，但在别处（确实如此）。目前，我只见到这些。"我准备回家，娜嘉坐出租车陪我。我们有一阵子谁也没有说话，然后她突然对我以你相称："来玩个游戏：你说点什么。闭上眼睛，说点什么。随便什么，一个数字，一个名字。就这样（她闭上眼睛）：两个，两个什么呢？两个女人。这两个女人穿着什么？黑衣服。她们在哪里？在一个公园里……她们又在做什么呢？来吧，很容易的，你为什么不想玩？我一个人的时候，就喜欢这样跟自己说话，跟自己讲各种各样的故事。而且不仅仅是一些空洞无用的故事，我甚至完全是靠这种方式生活的[1]。”我到了家门口，离开她："那我现在呢？去哪里？很简单，可以慢慢走向拉法耶特街，福布尔-普瓦索尼埃街，先回到我们刚才的地方。”

十月六日。为了不在外面闲逛太久，我在四点左右出门，想走着去“新法兰西”酒吧，五点半在那里与娜嘉见面。中间绕道几条大街，直到歌剧院，在那里买点小东西。与往常不同，我走上了修塞当坦街右边的人行道。我第一个遇上的行人就是娜嘉，与第一天的穿着一样。她向前走着，仿佛不想见到我。与第一天一样，我回过身来，与她同行。她好像无法解释，为什么会出现在这条街上，为了免去太多的解释，她说是要买荷兰糖果。我们想都没想，已经转过身来，进了第一家酒吧。娜嘉对我保持一定的距离，甚至有些多疑。她拿了我的帽子在手中转来转去，可能是为了辨认帽子上名字的缩写字母，尽管她声称这样做是下意识的，是个习惯，用

1　这不就是超现实主义追求的最终极限，它最强的、极致的想法？——作者注。

“新法兰西”酒吧

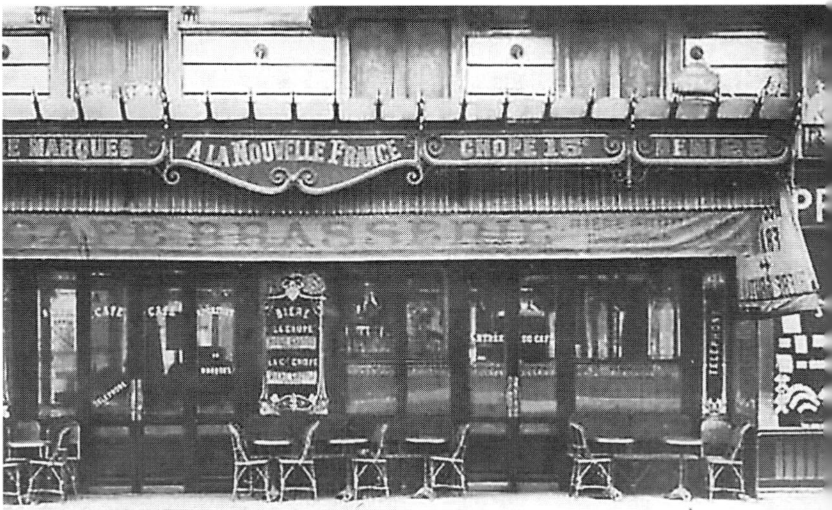

来确定有些人的国籍又不让他们知道。她承认，她其实不想来赴我们的约会。我在遇上她的时候，发现她手中拿着我借给她的那本《迷失的脚步》。它现在放在了桌子上，从侧面看去，我发现只有几页是被裁纸刀裁开了的。是题为《新精神》（« L' esprit nouveau »）的那篇文章，讲述的正好是在同一天内，由路易·阿拉贡、安德烈·德兰和我在几分钟的间隔中遇上的同样神奇的遭遇。当时，我们每个人都表现得无所适从，之后不久，我们几个都很窘迫，坐在同一张桌子上，想弄明白究竟发生了什么。阿拉贡与我都仿佛受到了不可抵御的召唤，驱使我们回到原点，正是在那里，在我们眼前出现了那个真正的斯芬克斯怪，它有着一个魅力无比的年轻姑娘的外表，在人行道之间穿梭，询问过路人。这个斯芬克斯怪唯独没有向我们两人提问题。我们沿着将那些点连接起来的所有线条跑着找，终无结果，而且随着时间的推移，这一追寻的希望就越发渺茫了。娜嘉直接就去读了这一段。她感到惊讶，而且失望，因为这一天内发生的一系列短小的事件，我居然觉得不需要加上些说明。她催促我解释，我认为这些事情究竟有什么确切的含意，而且，既然我发表了它，那么，我又觉得有多大的客观程度。我不得不回答说，我一无所知。在这样一个领域里，我觉得我唯一能够有的权利就是观察、笔录。我就是这一过度信任的第一个受害者，假如称得上过度信任的话。但我看得很清楚，她并不就此而对我的回答感到满意，在她的目光中，我看到了不耐烦，接下来又看到了沮丧。可能她以为我是在说谎：我们一直处在很尴尬的状态中。她说她要回家，我提出送她回去。她给了司机一个地址，是艺术剧院，她对我说，那里离她住的房子只有几步之遥。一路上，她一直静静地、久久地看着我。接下来，她的眼睛飞快地闭上又睁开，就像是面对一个已经很久没有见的人，或者是一个已经想不到还会再见的人，以表示“真的不敢相信”。她的内心好像同时在进行搏斗，但突然，她决定由它去了，完全闭上了眼睛，献上了她的嘴唇……现在，她对我说，我对她有一种魔力，说我有一种能力，可以让她想我所想，做我想让她做的，甚至比我想的还要多。她恳求我，不要运用这种能力，做对她不利的事情。好像她对于我从来没有任何秘密，远在认识我之前。在《可溶解的鱼》（« Poisson soluble »）的最后，有一段很短的带有对话的场景，好像是她在《宣言》中读过的唯一的一段。这一场景，说实在的，我一直没有能够给它解释出确切的意义，里面的人物让我觉得非常陌生，他们的骚动根本无法解释，他们仿佛是被一道流沙带来又带走了。这一段，让她觉得自己曾经真的亲身参与过，甚至在里面扮演了最深奥难懂的角色，赫莱娜[1]。地点，氛围，演员各自的态度确实都是我创作出来的。她想要指给我看"那场景究竟发生在哪里"：我提议我们一起吃晚饭。她的脑子里一定出现了某种混淆，因为她没有让人把我们送到她认为的发生地圣路易岛，而是送到了太子广场，有意思的是，在那里发生了《可溶解的鱼》中的另外一个片段："一个吻

---

1 我本人从来没有认识过这样一个人，这个名字一直让我觉得很无聊，而索朗日这样一个名字一直都让我喜欢。然而，住在乌西纳街三号的萨科夫人，一个关于我从未说错过什么的占卜女人，在这一年的年初，向我保证，我的头脑中将被一个叫"赫莱娜"的人占据。是否因此，就在此前的一段时间，我对所有与赫莱娜·史密斯有关的东西特别感兴趣？需要从中得出的结论，就像一个梦中两个相隔非常远的意象混合在一起时需要得出的结论一样。娜嘉常说："赫莱娜，就是我。"——作者注
赫莱娜·史密斯（Hélène Smith，1861—1929），真名为卡特琳娜-艾丽丝·穆勒，十九世纪欧洲著名的通灵人士，自称是印度公主和法国玛丽王后的再世。在一系列的通灵行为中，她号称可以与火星人交流，并记录下交流的内容，被日内瓦大学的心理学教授弗鲁诺瓦收录在《从印度到火星》（1900）一书中，布勒东对此书非常感兴趣。由于赫莱娜·史密斯在记录她的通灵所见时常常采用一种快速的、不假思索的文字，超现实主义者们将其视为"自动写作"的先驱。

“住在乌西纳街三号的萨科夫人……”

那么快就被遗忘了。”（这个太子广场是我所知巴黎最隐蔽的地方之一，是巴黎最糟糕的空地之一。我每次到了那里，都会感觉到我再也不想去其他地方，我必须好好地说服自己，才能从一种非常温柔、过于舒适持久、最终令人疲惫不堪的拥抱中解脱出来。而且，我有一阵子住在毗邻这个广场的一个叫“城市旅馆”的酒店里，对一个不满足于过于简单的解释的人来讲，那里每个来来往往的人，都很可疑。）夜幕降临。为了没有人打搅，我们让酒商在外面给我们上菜。在吃饭的过程中，娜嘉第一次显得比较轻佻。一个醉汉不断在我们的桌边转来转去。他高声说出一些前言不搭后语的话，口吻像是在抗议什么。在这胡言乱语中时而出现一两个他着重讲的淫秽的词。他的妻子在一旁的树下远远地看护着他，只是时不时地向他喊上一声：“喂，你该过来了吧？”我好几次想把他赶开，却徒劳无功。甜点上来了，娜嘉开始向四周看。她确定在我们的脚下，有一条地下通道，来自司法宫（她指给我看，是在司法宫的哪个地方，就在白色台阶的右边一点），并绕过“亨利四世”酒店。她一想到在这座广场上已经发生过的，以及还会在这广场上发生的事情，就有些不安。本来此时在阴影中只有两三对男女，

“我们让酒商在外面给我们上菜……”

她却好像看到了一大群人。“还有那些死人，死人！”醉汉继续在那里淫秽地开着玩笑。现在，娜嘉的目光开始绕着周边的房子转。“你看见了吗，那边，这扇窗户？它是黑色的，与其他的一样。好好看着。一分钟以后，它就会亮了，它会是红色的。”她说的那分钟过去了。窗户亮了。确实，那里有红色的窗帘。（我很遗憾，这好像超过了可信度的界限，但我没有办法。然而，在这样的事情上，我可不愿意主观介入：我只是限于**确认**，这扇窗户在此时从黑色变成了红色。仅此而已。）我承认，此时我开始害怕了，娜嘉也开始害怕。“多可怕啊！你看出什么进了树丛中？蓝色，风，蓝色的风。除此之外，我只有一次看到过这种蓝色的风吹过这些树。那是在那里，从亨利四世酒店[1]的一个窗户里看出去，我那位朋友，我跟你说过的那第二个朋友，就要走了。当时，也有一个声音在说：你要死了，你要死了。我不想死，但我感到了那样的一种晕眩……如果没有人扶住我，我肯定会倒下的。”我觉得真的该离开这个地方了。沿着河滨大道，我

1　它正位于刚刚提到的房子的对面，这一点可为喜欢容易的解决方式的人提供佐证。——作者注

感到她一直在发抖。是她要往宗教裁判所的附属监狱这边走。她彻底放松，对我非常信任。但她在找什么东西，她坚持要进入一个院子，一个普普通通的警察局院子，她飞快地往里面扫了一眼。“不是这里……可是，告诉我，你为什么必须要到监狱去？你要在那里干什么？我也进过监狱。我那时是谁？那是好几个世纪前的事情了。你呢，你当时是谁？”我们继续沿着栅栏走，突然，娜嘉不愿再往前走，在右边，有一扇朝向壕沟的低窗，她死死地盯着那里看，目光再不移开。她知道，必须在这扇看上去已经被堵死的窗户前等待。那里，一切都可能发生。一切都是从那里开始的。她双手抓住铁栅栏，不让我拉她走。她几乎不再回答我的问题。我只好放弃，等着她自愿继续向前走。她还想着地下通道的事情，可能她以为那是其中的一个出入口。她在问自己，她曾是玛丽王后身边的什么人。行人的脚步让她浑身颤抖。我开始担忧，将她的手一只一只地扳开，终于迫使她跟我走，半个多小时就这样过去了。过桥以后，我们朝卢浮宫走去。娜嘉一直显得心不在焉。为了让她的注意力回到我身上，我给她朗诵了一首波德莱尔的诗，但我声音的起伏变化给她带来了新的害怕，因想到了刚才的吻而更加强烈："那个吻里有一种威胁。"她再次停下，手臂靠在石栏上，她的目光和我的目光从那里投向河水。此时，河面上闪着亮光："这只手，这只塞纳河上的手，为什么有这只在河面燃烧的手？确实，火与水是同一回事，但这只手说明了什么？你怎么解释它？让我看看这只手，你为什么要让我们离开这里？你怕什么？你一定觉得我病得厉害，是不是？我没病。可你觉得这说明了什么：水上的火，水上一只燃烧的手？（开玩笑地说：）当然，这不是财富：火与水，是一回事；火与金，那就完全不同了。"临近午夜，我们到了杜伊勒里宫，她希望我们能够坐下来一会儿。在我们前面，有一道水柱在喷射，她的目光仿佛在追随水柱的曲线。"那是你我的思想。看看它们全都来自哪里，一直可以上升到哪里。当它们落下时，又是多么美丽。然后，它们马上就又融合在一起，它们被同一种力量带起，又是同一股冲劲和分射，这一坠落……就这样，永无休止。"我叫了起来："啊，娜嘉，真是奇怪！你是从哪里找到了这一意象？它在一本你不可能知道的、我刚刚读过的书中以几乎同样的方式表达了出来！"（我向她解释，它是一本一七五〇年版的伯克利

“在我们前面，有一道水柱在喷射，她的目光仿佛在追随水柱的曲线……”

《希拉斯和菲洛努斯的对话》中的第三篇的一幅篇首小图

TROISIÉME

DIALOGUE

PHILONOUS. Hé bien, Hyl
quels sont les fruits de vos m
ditations d'hier? vous ont-

撰写的《希拉斯和菲洛努斯的对话》[1] 中的第三篇的一幅篇首小图的内容，旁边伴随着一条解释：Urget aquas vis sursum eadem flectit que deorsum[2]，这句话，从捍卫唯心主义的角度来看，到了书的最后，有了一种决定性的含义。）但她没有在听我，而是在关注一个好几次从我们身边过去的男子在耍什么花招，她觉得好像认识此人。如果确是那人的话，他曾经提出要娶她。这让她想到了自己的女儿。她小心谨慎地告诉了我这个小女孩的存在，她特别喜欢这个孩子，尤其是因为她是那么与别的孩子不同，"总是想拿掉布娃娃的眼睛，看看这些眼睛后面，**有什么**"。她知道，她总是吸引孩子：不论她到哪里，孩子们总会把她围起来，朝她微笑。现在，她好像只是在为自己说话，同样，她所说的，也不再让我感兴趣，她的脸转向与我相反的一面。我开始有些厌倦。但是，我还没有表示出任何不耐烦的迹象："画上句号吧，行了。我突然感到，我会让你不舒服的。（转向我：）结束了。"

---

1 《希拉斯和菲洛努斯的对话》（*Dialogues entre Hylas et Philonous*），十八世纪爱尔兰哲学家乔治·伯克利的作品。由三组对话构成，表达了伯克利的唯心主义哲学。作品中，希拉斯代表唯物主义的一方，菲洛努斯代表唯心的一方，在三次对话之后，菲洛努斯的唯心思想占了上风。

2 拉丁语，意为"同样的力量将水往天空喷送，并令它们坠落"。

走出了花园以后，我们信步走向圣奥诺雷街上的一个酒吧，还没有关门。她强调说，我们可是从太子广场走到了“海豚”（在一些与动物对应的游戏中，我常常被认为是海豚）[1]。但是，此时娜嘉看到了一条马赛克组成的图案从柜台一直延伸到地面，开始警觉起来，我们几乎马上就走开了。我们说好，直到后天晚上，才在“新法兰西”酒吧再聚。

十月七日。我头疼欲裂。不论有无道理，我都觉得是昨晚一夜折腾的缘故，也因为我一直做出努力，去关注她，适应她。然而，整个上午，我都在思念娜嘉，责备自己没有与她约会在今天。我对自己很不满。我觉得我过于观察她了，可又有什么其他办法呢？她究竟是怎么看待我的，怎么判断我这个人？假如我不爱她而继续见她，那是不可饶恕的。我虽然那么接近她，却更多地接近与她相关的那些事。在她目前的状态下，她肯定是需要我的，不论以什么方式，而且这种需求会突如其来。不论她向我提出

1 在法语中，“海豚”与“太子”用的是同一个词。

什么，拒绝她将是丑陋的，她是那么纯洁，那么没有人间的牵系，那么看轻生活，而且是以一种那么美妙的方式。昨天，她在颤抖，可能是因为受冷了。她穿得那么少。假如我不让她放心，我对她的兴趣是真诚的，假如我不说服她，她对我来说，不是一个好奇的对象，我对她的兴趣，不是一时的突发奇想，那同样也是不可饶恕的，但她怎么能相信呢？而要让我一直等到第二天的晚上，那是做不到的。如果不见她，我能做什么呢？假如我永远不见她了呢？我将什么也不再**知道**。我将活该再也不能知道，而且机会永远不会再有。只会出现一些假的预示，那些只持续一天的圣宠，让灵魂失足的情况，深渊，让光辉而悲哀的预言的神鸟坠落的深渊。我又能做什么，除了到六点左右去我们相遇过的酒吧？当然，没有任何在那里见到她的运气，除非……但是，“除非”，难道娜嘉能够介入的最大可能性不就在这超越于运气之上的“除非”之中吗？我在三点左右与我的妻子和一个女友出门。在出租车里，我们还在谈论她，因为我们在午餐时就开始谈论她。我没有刻意关注行人，突然，一个快速的黑点，出现在左边的人行道上，圣乔治街的入口处，让我几乎下意识地敲打了窗玻璃。好像是娜嘉刚刚走过。我朝她可能走的三个方向中的任意一个跑去。果然是她，她现在停下了，在与一个男人说话，他刚才好像就跟她在一起走。她很快就离开此人，过我这边来。在咖啡馆里，我们的交谈并不顺畅。已经连续两天了，我都遇上她：很明显，她已任我摆布。然而，她显得非常迟疑。她的物质状况极为糟糕，因为，如果需要改变它的话，她就应当不认识我。她让我碰了碰她的裙子，向我展示，它是多么结实，“然而，这是它唯一的优点”。她的债务已经不能再添加了，她已经受到了来自旅馆老板的威胁，以及他一些可怕的暗示。她坦率地向我承认，假如没有我的存在，她会使用什么样的手段去找钱，虽然她甚至已经没有钱可以让她梳妆打扮一番，到克拉利治[1]去，然后，在那里，她肯定会……她笑着对我说：“没办法，钱见我就躲。况且，现在，一切都完了。只有一次，我拥有了两万五千法郎，是我的朋友给我留下的。有人向我保证，只需几天时间，我就可以很容易地将这笔钱翻上三倍。只要跑到海牙去换成可卡因。他们还给了我另外三万五千法郎，同一用途。一切都很顺利。两天后，我袋子里装了近两公斤的毒品回巴黎。整个旅行都极其顺利。然而，在下

1 欧洲著名的豪华酒店。

火车的时候，我仿佛听到了一个声音在对我说：你过不去。我刚刚踏上站台，就有一个完全陌生的先生朝我走来。他对我说：‘对不起，请问您是D小姐吗？’‘是的，可是对不起，我不知道……’‘没关系，这是我的证件。’他就把我带到了警察局。在那里，他们问我袋子里装着什么。我当然说了，一边说一边打开。就这样。他们当天就把我放了，因为有一个朋友介入了，一个律师或者法官，G先生……他们没有多问，而我又那么着急，我都忘记了告诉他们，不是全部东西都在袋子里，在我的帽檐里也藏着。但是，即使他们从里面找出来了，也不值什么。我就自己留下了。我向你保证，早就结束了。”她的手中有一封捏皱了的信，此时拿给我看。那是一个她在某个星期天从法兰西剧院出来时遇到的男人写的。她说，很可能是个职员，“因为他是隔了好几天以后才给我写的信，而且是月初写的”。此时她可以给他打电话，或者给其他人，但下不了决心。可以肯定的是，钱在躲着她。她急需多少钱？五百法郎。我身上没有那么多钱，我说可以明天交给她。马上，她的一切忧虑都烟消云散了。我又一次享受到了这种可爱的轻快与热情的混合。带着尊敬，我吻了她非常美丽的牙齿，她缓慢地，庄严地说：

“圣餐是在宁静中进行的……圣餐是在宁静中进行的。”说第二遍时，声调稍微高了一些。她对我解释说，这个吻让她感受到了某种神圣的东西，那一刻，“她的牙齿相当于圣体”。

十月八日。醒来后，我打开一封阿拉贡的信，来自意大利，信中还有一幅乌切罗的画的正中部分的局部照片，这幅画我从未见过，叫作《亵渎圣体》[1]（*La Profanation de l'Hostie*）。一天就这样过去，没有发生什么特别事情，到了傍晚，我去了常去的那家酒吧（“新法兰西”），等娜嘉却没有等到。我比任何时候都害怕她会消失。我的唯一办法就是去找到她住的地方，在艺术剧院附近。我很快就找到了：那是我找的第三家旅馆，位于谢鲁瓦街的剧院旅馆。她不在，我留下一封信，信中问她，怎样才能把我许诺的东西交给她。

1 几个月之后，我才看到了该画的整体照片。我觉得此画中有许多隐藏的含义，而且，细忖之下，非常难以诠释。——作者注

十月九日。我不在的时候，娜嘉打了电话。拿起电话的人问她，我怎样才能与她联系，她回答说："没有人能与我联系。"但过了一会儿，她通过气压传送快件，让我五点半到酒吧去。我果然在那里找到了她。她昨天没有来是因为一个误会：我们的约会地点与往常不同，是约在了"摄政王"酒吧，是我自己忘记了。我把钱给了她。[1]她哭了。酒吧里只有我们两人，进来了一个年老的乞丐，我之前没有在其他任何地方见过此人。他在推销几张与法国历史有关的普通照片。他递给我、坚持让我买的一张与路易六世和路易七世统治时期有关。（我恰好刚刚开始对这一时期感兴趣，尤其注重当时的恋爱法庭[2]的概念，尽力想象当时人们对生活的看法。）老人以一种非常混乱的方式解释一张张图片，他关于苏热[3]的一些话，我一点也没有听懂。[4]我给了他两法郎买图片。为了打发他，又多给了两法郎，他坚持要把所有的图片都留下，另外附

1 是原来说的三倍。我刚刚发现，这里面也有巧合。——作者注

2 恋爱法庭，十二至十五世纪法国文学中提到的习俗，指模仿现实法庭，对恋爱行为做出若干细小的规定，以活跃关于恋爱的讨论。

3 苏热（Suger，约 1081—1151），法国僧侣，曾担任圣德尼教堂的主教和国王参议。第二次十字军东征时，担任法国摄政王。他同时撰写了一些历史作品，著有《路易六世生平》等。

4 "当瘦削的苏热急急跑向塞纳河。"（阿波利奈尔）—— 一九六二年版注

"我恰好刚刚开始对这一时期感兴趣……"

HISTOIRE DE LA FRANCE

Les Croisades — Concile de Clermont — Pierre l'Ermite prêchant la 1re Croisade — Assemblée de Vezelay — Saint Bernard prêchant la 2e Croisade

Pierre l'Ermite et **Gauthier-sans-Avoir** ...

Godefroy de Bouillon ...

Louis VI le Gros ... **Henri Ier** ... d'Angleterre ... **Henri V** ...

Louis VII et Suger, Abbé de St-Denis

Louis VII ... **St Bernard** ... Cette 2e Croisade fut désastreuse ...

Louis VII ... **Suger**, abbé de St-Denis ...

Pendant deux ans, Suger empêcha le divorce du roi ...

加十几张彩色的明信片，上面是些女人像。我说不要也没用。他倒退着向外走："上帝保佑您，小姐；上帝保佑您，先生。"现在，娜嘉让我读她最近收到的一些信，我草草阅过。有的信很悲伤，有的大发感情，有的十分可笑，签名都是那位G先生。G先生？啊，就是那位重罪法庭的庭长，几天前，西埃里夫人的审判开庭，她被控告毒死了她的情人。审判时，这位庭长说了一句很无耻的话，指责受审人"不念肚皮之情"（众人哄堂大笑）。正好保罗·艾吕雅在打听此人的姓名，因为他忘记了，在专门写给《超现实主义革命》（*La Révolution surréaliste*）杂志的题为《报刊评论摘要》的文章中留了一个空。我很不舒服地注意到，我眼皮底下的所有信封的背面，都印着一个天平。

十月十日。我们在马拉凯滨河大道上的德拉波德餐厅共进晚餐。侍从显得极为笨拙：他好像完全被娜嘉迷住了。他在我们桌边无谓地忙碌，在桌布上掸并不存在的面包屑，毫无理由地移开她的手袋。我们点的菜，他怎么也记不住。娜嘉偷偷地乐，告诉我，好戏还在后面呢。

果不其然，他为旁边的桌子服务时好端端的很正常，给我们倒酒时就在酒杯边洒上一片。他小心翼翼在我们面前放上一个碟子，却把另一个顺带到地上摔个粉碎。从这顿饭开始到结束（我们又进入了不可思议的范畴），我数了一数，共有十一个碟被他打碎。他每次从厨房出来，由于他是面对着我们，都要抬眼看着娜嘉，仿佛晕头转向了一般。真的既可笑又让人难受。最后，他不再靠近我们这桌，我们花了很大的力气才结束了这顿晚饭。娜嘉一点儿也不诧异。她知道自己对某些男人有这样的魔力，其中有些是黑人。不管她在哪里，这些人都会跑来跟她说话。她告诉我，三点的时候，在勒佩尔蒂埃地铁站的售票处，有人给了她一个两法郎的全新硬币，在下楼梯的时候，她把硬币紧紧地攥在手中。她对检票员说："正面还是背面？"他回答说："正面。"他答对了。"小姐，您问的是一会儿能不能见到您的朋友。您能见到的。"我们在滨河道上走，到了法兰西学院的位置，她又开始对我说那个被她称为"好朋友"的人，她说，多亏了此人，她才成为现在这个样子。"要是没有他，我现在就是一个最下贱的妓女了。"我得知，他那时每天晚饭以后都要将她催眠。她几个月之后才有所觉察。他让她讲述一天中所做一切的所有细节，对他认为是好的表示赞同，对其他的一律斥责。每一次，在她脑子里都会产生一种生理上的不适，阻碍她去再做他禁止她做的事情。这个男人满脸都是白胡子，不让她知道他的任何情况，对她有着国王般的威严。不论她陪他到什么地方，总会感觉到，所到之处，都会出现一种带有诸多敬意的关注。然而，后来，有一天晚上，她在一个地铁站的长凳子上又见到了他，看到他非常疲惫，穿着非常随便，衰老了许多。娜嘉拒绝继续直着往前走，我们就拐弯进了塞纳街。她又变得心不在焉，对我说，她在看着天上一只手缓缓画出的一道闪电。“还是这只手。”她指给我看，在一张招贴画上，就在多尔蓬书店前面一点。那里，在我们的上方很高的地方，有一只红色的手，食指指向前方，不知在炫耀什么。她一定要碰这只手，跳起来试着要去碰，把自己的手盖在那只手上。“燃烧的手，跟你有关，你知道，这只手就是你。”她安静了一会儿，我觉得她好像眼中充满了泪水。然后，突然，她停在我面前，几乎要拦住我的路。她以一种奇妙的方式呼唤我的名字，就像在一个空旷的城堡中喊某个人，从一个大厅到另一个大厅：“安德烈？安德烈？……你会写一部关于我的小说。

肯定的。不要说不。当心：一切都会变弱，一切都会消失。我们之间必须有点东西留下……但这并不重要——你可以用另外一个名字——什么名字呢，你要我跟你说吗，非常重要。必须有点带有火的含义的名字，因为在涉及你的时候，总是会有火出现。也要有手，但不如火重要。我看到的，是一道从手腕生出的火焰，就像这样（用了一个把一张牌藏起来的手势），手马上就会燃烧起来，一眨眼的工夫，就会消失。你可以找到一个笔名，拉丁语的，或者是阿拉伯语的。[1]答应我，必须这样。”她用另外一个意象，让我明白，她是怎样生活的：就像早晨在浴缸里泡澡时，盯着水面看，看到她的身体在离她远去。“在没有镜子的房间里，我的目光追随在浴水上远去的思想。”她刚才忘记告诉我她昨天晚上的奇遇。快八点的时候，她在王宫长廊下散步，她以为就自己一人，于是一边轻声唱歌，一边跨出几个轻快的舞步。在一扇关闭着的门前，出现了一位老太太。她还以为此人要向她要钱。但她只是要一杆铅笔。娜嘉把自己的给了她，她好像在一张名片上胡乱写了几个字，将

1　人们告诉我，在许多阿拉伯房子的门上，都画有一只手，线条只是像其意而已：那是“法蒂玛”之手。——作者注

卡片塞到了门缝里。同时，她交给娜嘉同样的一张卡片，向她解释，她是来找“嘉美女士”的，可惜那人不在。此事发生在一家商店前面，商店上方的招牌写的是“硬浮雕玉石店”[1]。这位老太太，照娜嘉的说法，只能是一个女巫师。她递给我那张小卡片，执意要让我留下它，我仔细一看：“奥布里-阿布里瓦尔夫人，文人，瓦莱纳街二十号，三层，右门。”（此事需要好好调查一番。）娜嘉一挥手，将长围巾掠到肩上，随便一个姿态，就扮出了魔鬼的神态，就像在浪漫主义版画中出现的魔鬼的样子。周围非常黑暗，很冷。我靠近她。我惊恐地看到，她在战栗，而且真的是“像叶子一样地”颤抖。

十月十一日。保罗·艾吕雅找到了卡片上的地址：没有人。在卡片上所说的门上，反着用别针戳着一张信封，上面写有这样的字样：“今天，十月十一日，奥布里-阿布里瓦尔夫人将很晚回来，但肯定会回来。”我因为下午一场无缘无故拖得很长的交谈而很疲劳。而且，娜嘉迟

1　这里是一个文字游戏，法语中“浮雕玉石”一词的发音是“嘉美”。

硬浮雕玉石店

（J.-A. 布瓦法尔 摄）

到了，我对她没有特别的期待。我们在外面漫步，穿过许多街道，但两人分得很开。她重复了好几次，越来越强调每个音节：“时光弄人。时光弄人，因为一切皆有终。”看到她长时间地阅读餐馆门上的菜单，用一些菜名玩文字游戏，我渐渐失去耐心。我感到无聊。我们走过马让塔大道上的“斯芬克斯怪”酒店。她给我看写着酒店名字的闪亮招牌，正是这几个字让她初来巴黎时决定在这里住下。她在里面住了好几个月，只有那个“好朋友”来这里看望她，而且对外称是她的叔叔。

十月十二日。我跟马克斯·恩斯特谈到了她。他是否愿意为娜嘉画一幅肖像？他对我说，萨科女士预言说他的生活中会遇到一个他不会爱上的叫娜迪亚或者娜塔莎的女子，而且那女子会给他所爱的女人造成身体上的病害——这几乎是她的原话：这一警示让我们觉得足够清楚了。大概四点之后不久，在巴蒂尼奥尔大道的一家咖啡馆内，我又一次不得不装作对 G 先生的信件感兴趣。信中充满了哀求，还附有愚蠢的诗歌，明显受到了缪塞的影响。随后，娜嘉给我看了一张素描，这是我看到的

马让塔大道上的“斯芬克斯怪”酒店

（J.-A. 布瓦法尔 摄）

她的第一张素描，是她那天在“摄政王”咖啡馆等我的时候画的。她很愿意向我解释画中的一些元素，除了那个长方形的面具，她说没法解释，它就是这样出现在她眼前的。在它额头中心的黑点，是一颗固定它的钉子；沿着虚线，首先遇到的是一个钩子；上方的黑色星星，代表了思想。但是，对娜嘉来说整张画中最有价值的地方，是字母“L”的书写形状，但我没能让她说出为什么。晚饭以后，在王宫花园的周围，她的梦幻带上了我之前没有想到的神话的一面。有一阵子，她非常艺术化地虚构出梅吕西娜[1]这个人物，甚至给出一个非常独特的形象。她还突然问我：“告诉我，谁杀了戈耳工[2]，告诉我。”我越来越跟不上她的自言自语，中间间隔的长长的沉默让我觉得这些自言自语几乎无法理解。为了轻松一下，我提出离开巴黎。圣拉撒路火车站：我们就去圣日耳曼吧，可是火车就在我们眼皮底下开走了。整整一个多小时，我们只能在大厅里走来走去消磨时光。马上，就跟那天

1 梅吕西娜（Mélusine），法国民间传说中的人物，一位仙女的女儿，身体的一部分可以幻化为蛇。

2 戈耳工（Gorgone），希腊神话中的三个女怪，每个女怪的头上都盘着许多蛇。

“除了那个长方形的面具，她说没法解释……”

一样，一个醉鬼开始在我们身边晃荡。他在抱怨自己找不到路了，让我把他带到街上。娜嘉终于靠近了我。她对我说，所有人，甚至那些最着急的，都在朝我们看，而且看的不是她，是**我们**。“你看，他们不能相信，他们不能相信我们在一起。在你我的眼睛里有的这种火焰，是多么罕见。”在车厢里，就我们两人，我又感受到了她的关注，她的信任，她的期望。“我们在威西内站下车，好吗？”她提出我们可以在森林里走走。为什么不呢？但当我亲吻她的时候，她突然发出一声尖叫。“那里（指着门玻璃的上方）有个人。我刚刚清楚地看到有一个倒挂着的脑袋。”我尽可能地安抚她。五分钟之后，又来了：“我跟你说，他在那里。他有一顶鸭舌帽。这可不是一个幻觉。”我探出身去：踏脚板上什么也没有，旁边车厢的梯子上也是什么也没有。然而，娜嘉向我保证，她肯定没有错。她顽固地盯着玻璃的上方，神经非常紧张。为了让自己心安，我又一次探头出去。这回我清楚地看到，缩回去一个脑袋，那人趴在车厢的顶上，就在我们上方，而且确实戴着一顶制服帽。可能是一个铁路上的职工，轻易就从旁边车厢的顶层过到了这里。在接下来的一站，娜嘉靠在门边，我透过玻璃看站台上的行人，一个孤身的男人，在出站前，给了她一个飞吻。马上有了第二个人、第三个人这样做。她带着顺从和感激接受了这样的敬意。她总能遇到这样表示敬意的行为，她好像很在乎这些。到了威西内，所有的灯光都灭了，我们怎么努力也没有人愿意给我们开门。我们不太想在森林里漫步了。我们只能等下一趟火车，可以在一点左右把我们带到圣日耳曼[1]。在经过城堡的时候，娜嘉看到自己成了德·谢弗勒兹夫人[2]；她将自己的脸隐藏在她的帽子上并不存在的羽毛之下，这一动作是多么优雅！

＊　＊　＊

这一疯狂的追寻是否要在这里终止？追寻什么，我不知道，但肯定是**追寻**，以启动智力的所有机关。没有任何东西，包括不常用的金属如钠在切割时发出的光泽，包括某些地区的石矿发出的磷光，包括从井中散发出来

1　在一九二八年的初版中，在此处还提到了两人在那里住进了“威尔士王子酒店”。布勒东在修订本中将这段文字删去，照小说家皮埃尔·德·芒迪亚尔格的说法，作者这样做是出于审慎，为了避免人们得到明确的信息，证明两人一起开了房间，是真正意义上的情人而非简单的恋人。（见《无序的记忆》，伽利玛出版社，1975。）

2　德·谢弗勒兹夫人（Mme de Chevreuse，1600—1679），公爵夫人，曾在法国政坛上起到一定影响。

的美妙的光彩，包括被我扔到火中、在报时的时候死去的钟表上的木头的噼啪声，包括在知道《舟发西苔岛》[1]中尽管人物姿态各异，其实表现的是同一对恋人的事实后该画产生的更大的吸引力，包括水库宏伟的风景、被拆毁的建筑的墙面起小泡的墙皮和壁炉的影子的魅力，所有这些，所有这些对我来说构成了我本身特有的光线的东西，都没有被忘记。我们是谁，在这现实面前？我现在知道，这一现实就躺在娜嘉的脚下，似一条狡猾的狗。我们究竟位于哪一个纬度，就这样听任象征的暴怒，受到类比的魔鬼的制约，眼睁睁地看着自己成为终极行为特别关注的对象？为什么，在一下子被一起投射到的远离地球的地方，在我们美妙的惊愕之余留下的简短空隙中，在陈旧的思想和永恒如一的生活的冒烟的瓦砾之上，我们还是交换了几道令人不可思议的默契的目光？从第一天到最后一天，我都把娜嘉视为一个自由的精灵，就像那些空中飞翔的精灵，靠某种魔法可以将它捕获一段时间，但永远也休想它会彻底服从。她，我知道她是把

---

1 《舟发西苔岛》（*L'Embarquement pour Cythère*），著名法国画家华托（Watteau，1684—1721）的作品，被视为“游乐画”的代表作。

我看作了神（用的是这个词最强烈的含义），相信我**就是**太阳。我也记得——在那一刻，没有任何东西可以更加美丽，更加悲壮——我记得出现在她面前，就像一个被击倒在斯芬克斯怪脚下的人一样，又黑又冷。我见过她蕨菜般的眼睛[1]在清晨**睁开**，面对一个巨大的希望振翅的声音与其他恐怖的声音几乎不可区分的世界，而面对这样一个世界，迄今为止，我只见过人们把眼睛闭上。我知道，对娜嘉来说，这一**出发**，从一个想要到达那里就已经是如此罕见、如此大胆的点的出发，蔑视了一切在非常自愿地远离最后一张筏而迷路的时候需要祈求的东西，牺牲了一切构成虚假但又几乎不可抵御的生活补偿的东西。比方说，在那里，在城堡的最上方，在右边的塔楼中，有一个房间，很可能没有人会想让我们参观，我们

1　这一比喻是全书中对娜嘉最明确、最重要的一个描写。布勒东在修订本中还特意加上了一张经过他自己“蒙太奇”处理的照片，将四双同样的眼睛重叠在一起。根据后来发现的一张娜嘉的小照片，研究者发现，这双眼睛确实是娜嘉的。布勒东故意将她神秘化了，同时，他这样做，应与后文提到的娜嘉所画的“情人之花”不无联系，因为在那幅画中，出现了重复的眼睛。“蕨菜般的眼睛”究竟应当是什么样子的，译者曾经专门在法国读者中做过调查。结果表明，这个比喻在他们那里唤起的意象主要有以下元素：深绿色，大大的，睫毛很长。有一位女读者的回答颇具意味，她认为“蕨菜般的眼睛”同时说明了娜嘉对布勒东的依赖与信任，因为蕨菜一般生长在大树的阴影之中。

“她蕨菜般的眼睛……”

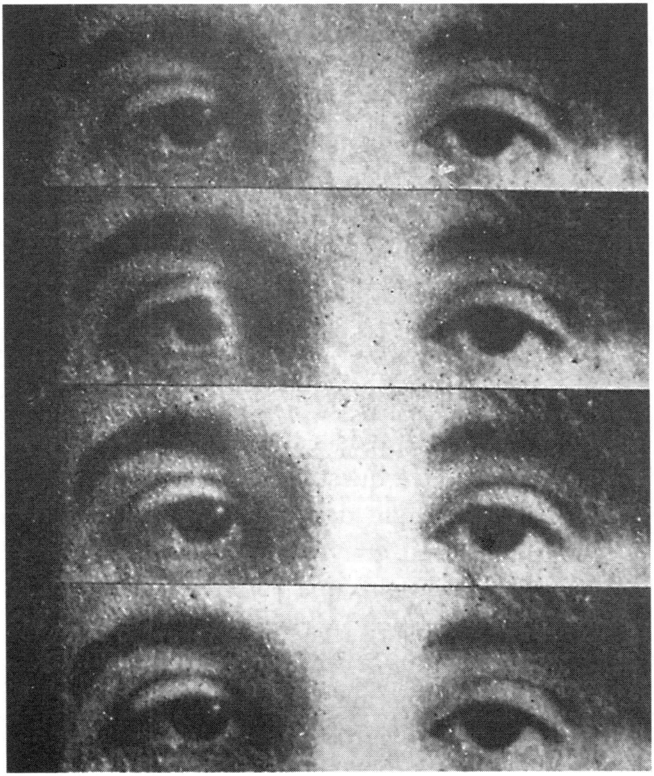

“在城堡的最上方，在右边的塔楼中……”

可能也参观不好——我们甚至都无法尝试——但照娜嘉的说法，是我们在圣日耳曼需要知道的所有东西。[1]我非常喜欢那些晚上将自己关在一个博物馆内，在不合法的时间里，可以有充裕时间在一支遮了光的电筒照明下观赏一个女人肖像的男人。之后，他们对这位女士的了解，怎么会不比我们的了解胜出许多？很可能，生活需要像阅读一个密码文件那样地解码阅读。秘密的楼梯，画框，画作从里面飞快地滑落、消失，转而出现一个佩剑的天使长，或者出现一些必须永远前行的人，一些按钮，经过许多道传递，能够马上导致整个大厅上下、左右移动，在最短时间内转换布景：我们可以把精神最伟大的冒险看作这样一种在无数美妙的陷阱中的旅行。真正的娜嘉究竟是哪一个？是那个向我保证曾与一位考古学家一起，整夜在枫丹白露游荡，寻找某个鬼才知道的石头遗迹的女人（我们可以自言自语，该到了在大白天去发现这个遗迹的时候了——但可能那男人就喜欢在晚上寻找！），还是那个最有灵感、最给人灵感的尤物，只喜欢做马路天

1 路易六世在十二世纪初，在拉伊森林中建造了一座皇家城堡，是如今的城堡和圣日耳曼城的前身。——作者注

使，因为大街小巷是她觉得唯一有价值的体验场所，在街上接受所有那些被巨大的幻想所吸引的人的询问的女人？或者是（为什么不承认呢？）一个有时沉沦的女子？因为说到底，其他人都认为可以同她说话，觉得她只是所有女性中最可怜、最没有人呵护的一个。有时，她跟我讲述她过去生活中的某些场景，讲得过于详尽，让我作为一个局外人都觉得她的尊严丧失殆尽，于是，我会可怕地、粗暴地做出反应。十月十三号那天，她毫无理由地向我讲述了一个男人在她脸上狠狠打了一拳，打得满脸是血的故事。那是在齐梅尔啤酒餐厅的一个小厅里，她颇为自得地拒绝了一个男人，仅仅因为那人很低俗。她好几次喊救命，而且在逃走之前，将那男人的衣服弄得满是血迹。这个故事差点就让我永远离她而去。我不知道，这样一个可怕经历的非常幼稚的叙述，让我有了一种怎样的绝对不可救药的感觉。总之，听完之后，我哭了很长时间，而我以为自己已再也不会这样哭泣。我哭，是因为我觉得再也不可以见娜嘉，不，我再也不能见她。当然，我根本就不恨她没有向我隐瞒让我现在如此痛心的事情，相反，我要感谢她，但是，她居然能够有一天沦落到这般地步，而且，谁知道呢，有朝一日，她可能还会经历这样的日子，这让我连想象的勇气都没有。在那一刻，她是那么令人感动，没有做任何事来打破我做出了的决定，相反，她在她的泪水中找到勇气，来鼓励我实施这一决定！然而，在巴黎，当她向我道别的时候，她还是忍不住地低声加了一句，说那不可能，但她什么也没有做，使之变得更加不可能。假如确定只能这样的话，一切都将由我说了算。

我又见了娜嘉许多次。对我来说，她的思想又明晰了许多。她的一些说法也变得更加轻灵，更加别致，更加深刻。有可能，同时，一个不可弥补的灾难正在带走她身上的一部分，而且是最人性的一部分，我在那天感受到了这一灾难，使我渐渐地疏远她。尽管我继续因为她的这种生活方式而感到神奇，这是一种仅仅建立在最纯粹的直觉上、总是具有不可思议的一面的生活方式，但同时，我也越来越警觉地感到，每次在我离开她之后，她还是被卷入外在于她、继续向前的生活的旋涡。这种生活旋涡执意地要她让步，比方说，要她睡觉，吃饭。我在一段时间内试着为她提供吃饭睡觉的手段，因为她这方面只指望我了。但是，由于有些日子，她好像仅因为我的在场就能生存，毫不理会我说的话，甚至在她向我讲述让我无动于衷的事情或者不说话的时候，丝毫不在意我的厌烦之情，所以我非常怀疑是否我真的对她有影响，可以帮助她正常地解决这种困难。我在这里即使列举出无数个属于不常见范畴的事实的例子，也无济于事。这些事实看上去只跟我俩有关，而且总的来说，能让我相信某种可以解释一切事件的特殊性的目的论，正如有些人可笑地声称可以解释一切事物的特殊性[1]，我指的是，一些娜嘉与我同时是见证人或者我们之间只有一人是见证人的事实。随着时间的推移，我只想记起几句话，她在我面前说出的，或者在我眼前用一笔写出的。在这些话中，我可以最好地感受到她声音的语调，而且在我身上一直在不断地回响：

“我气息的终止，便是你气息的开始。”

“只要您愿意，为了你，我可以什么也不是，或者只是一道痕迹。”

1　当然，所有想在这一领域进行神学解释的想法都应该预先排除。——作者注

“狮子的爪子拥抱葡萄树的乳房。”

“粉红比黑色更好，但两个颜色很协调。”

“面对神秘。石头人，理解我。”

“你是我的主人。我只是在你唇边呼吸的原子，或者断了气的原子。我要触摸一根被泪水染湿的手指的宁静。”

“为什么在这盛满了煤球的黑洞里有一个天平在晃动？”

“不用一个人的鞋子的重量去让他的思想变得沉重。”

“我什么都知道，因为我能读懂我的泪水形成的溪流。”

娜嘉为我创作了一朵美妙的花，“情人之花”。她是在一次乡间午餐时出现这朵花的幻觉的，我看到她非常笨拙地在我面前将它表现出来。她后来多次改动，让线条更准确，给了上面的两个眼神不同的表情。我们两人在一起的时间主要应当由这个符号来代表，它成为一个图像象征，使娜嘉可以解释一切其他的图像。好几次她想画我头发竖起的肖像，我的头发就像是被风吹起，就像是长长的火焰。这些火焰同时形成一只鹰的肚子，它长长的翅膀就在我脑袋的两旁落下。不幸的是，我不合

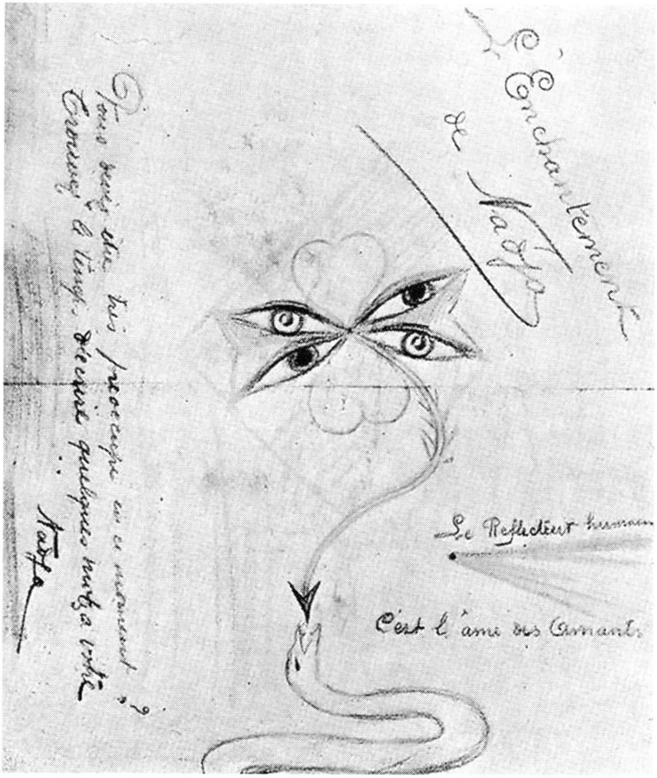

时宜地对她最近的一张画做了一些评价，可能是她最好的一张画，她就把整幅画的下方都裁掉了。这幅画的日期是一九二六年十一月十八日，上面有一张我和她的象征性的肖像：美人鱼就是她，而且她总是觉得应该是从背面看去，从这一角度看去，她手中拿着一卷纸；眼睛发光的魔鬼从一个带有鹰头的瓶子里冒出来，瓶子上全是羽毛，代表思想。《猫之梦》(« Le rêve du chat »)，表现一只直立的猫，想要逃走，而没有发现自己原来被一个秤砣拉在了地上，而且上面有一根绳子把它悬挂起来，而绳子本身又是一个倒挂的灯泡的过于长的灯绒。这幅画对我来说，最为隐晦：这是出现一个幻觉之后快速用刀裁剪出的作品。同样还有一件裁纸作品，但分为两部分，这样可以让脑袋的倾斜有所变化，整体上由一个女人的脸和一只手组成。《魔鬼的致意》(« Le salut du Diable »)与《猫之梦》一样，表现的也是一个幻觉。一幅像帽子的素描，以及另外一幅题为《一个阴郁的人》(« Un personnage nuageux »)的、非常难以复制的素描，则完全是另外一种风格：它们是想要在布匹的纹路中，在木头的节中，在旧墙的斑驳中，找到可以很快被人认出的侧影。在《一个阴郁的人》中，可以毫不费力地看出魔鬼的脸，一位女性的脑袋，一只鸟刚刚啄了她的嘴唇，一个背朝观众的美人鱼的头发、胸脯和尾巴，一只大象的脑袋，一只海狮，另外一位女性的脸，一条蛇，其他许多蛇，一颗心，一头牛或者水牛的脑袋，善恶之树的枝条以及二十多个其他元素，虽然不是太形似，但是整体上真的称得上是一张阿喀琉斯之盾。还可以提到两个动物的角，位于右上方的边缘，这一点连娜嘉自己也无法解释，因为她每次在幻觉中都是这样看到的，而且仿佛它们所依靠的东西能够顽固地像一张面具一样罩住美人鱼的脸（这在画于明信片背面的图画中尤其表现明显）。事实上，几天之后，娜嘉来到了我的家，认出了这些兽角，就是来自一张几内亚的面具上的角，这个面具以前属于马蒂斯，我一直喜欢这张面具，又害怕它，因为它那巨大的顶上装饰让人想起铁路上的信号灯。但是，如果要像她那样看到那种效果，就必须从放面具的书架的内部去看。在同一场合，她在勃拉克的一幅画（《弹吉他的人》[*Le Joueur de guitare*]）中认出了一直让我觉得好奇的人物外面的钉子和绳子，在基里科的一幅三角形画作（《令人焦虑的旅行》[*L'Angoissant Voyage*]，又称《命定之谜》[*L'Énigme de la Fatalité*]）中，又认出了那只燃烧的手。一个来自新布列

“我和祂的象征性的肖像……”

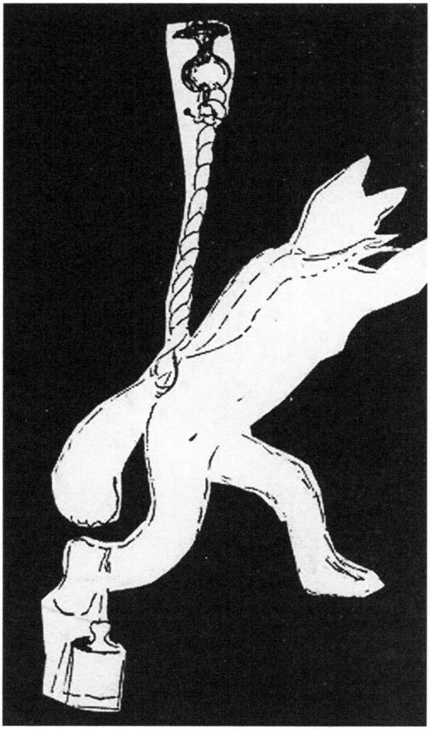

《猫之梦》

“可以让脑袋的倾斜有所变化……”

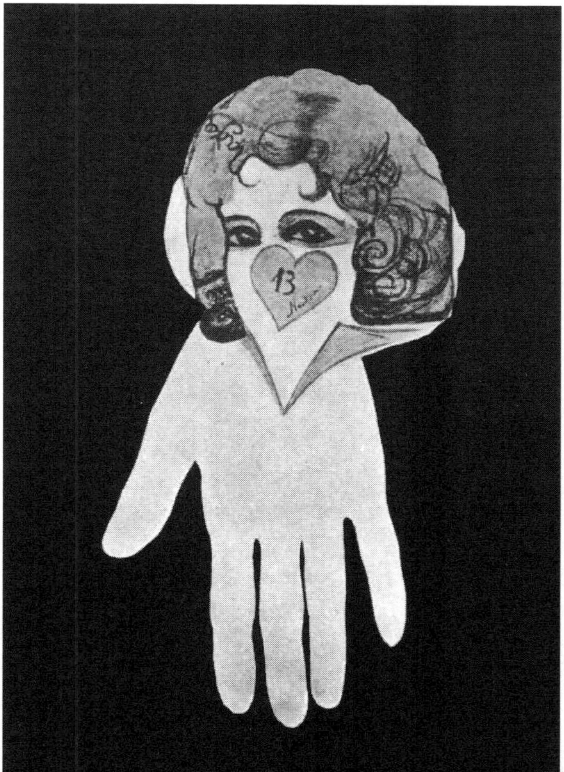

Qui est elle ?

Le salut du diable

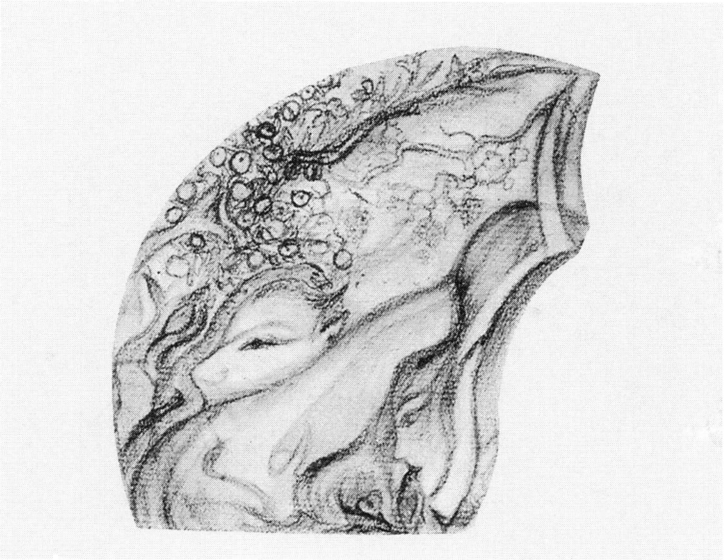

真的称得上是一张阿喀琉斯之盾……”

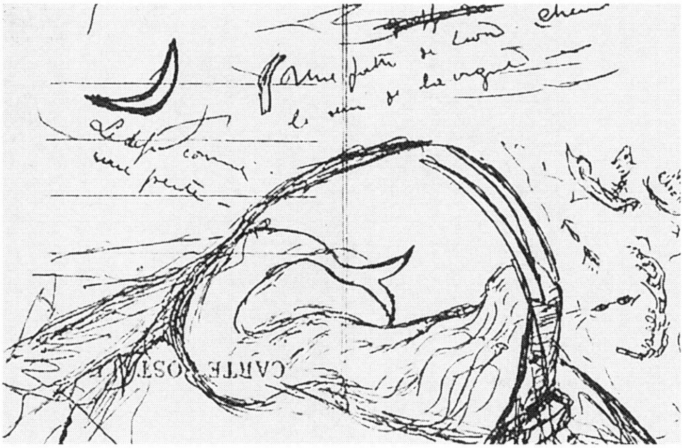

“画于明信片背面的图画……”

“一直让我觉得好奇的人物外面的钉子和绳子……”

《令人焦虑的旅行》，又称《命定之谜》

塔尼的用红色接骨木的髓质和芦苇做成的圆柱形的面具，让她惊呼："啊，那不是希梅娜[1]嘛！"一个坐着的酋长的雕像让她觉得比其他的都要更有威胁；面对马克斯·恩斯特的一幅非常难以理解的画（《男人们什么也不会知道》［*Mais les hommes n'en sauront rien*］），她解释了很长时间，而她的解释与画布后面细致的文字解释完全一致；一个被我后来卖掉了的崇拜雕像被她看作一个专门主管流言蜚语的神；另外一个，来自复活节岛，是我购买的第一件原始艺术的物品，在对她说："我爱你，我爱你。"娜嘉还把自己多次画成梅吕西娜的样子。在所有的神话人物中，她觉得与她最接近。我甚至看到她要把这种相似尽可能地移到生活中来，不惜一切代价，让她的理发师将她的头发捋成清晰的五道，并在额头的顶上留出一颗星星的形状。而且，这五缕头发还必须转过来，像山羊角一样卷到耳朵的前面来，因为这些前卷的羊角也是她经常用到的一个意象。她还颇有意趣地把自己画成一只蝴蝶，蝴蝶的身体由一只"马兹达"（与"娜嘉"押韵）牌的灯泡组成，一条被

1 高乃依的名剧《熙德》中的女主人公的名字。她一直爱着男主人公罗德里格，但在罗德里格杀死了她父亲戈马斯伯爵之后，向国王要他的人头。

笛声迷住的蛇向它探出头去（从此以后，我每次看到大街上的“马兹达”明亮的、一闪一闪的广告牌，总是怦然心动。它几乎占据了原来的“肥皂剧院”的整个门面，那里正好有两只动态的山羊在彩虹般的光线中对峙）。但是，娜嘉在最后一次与我见面时给我看的最后一批图画，一定在接下来的混乱状态中丢失了，当时还没有画完，显示的是一种完全不同的画法。（在我们相识之前，她从来没有画过画。）在一张桌子上一本打开的书前，一根香烟搁在烟缸上，不知不觉地冒出一条烟雾之蛇，一个非常美丽的女人的手中，拿着一张世界地图，上面区域分明，每个区域中放着丁香花，一切都已经准备好，可以迎接被她称为“人类的反射镜”的降临，而它被温室的罩子保护，不许人碰，她说，它是“一切事物中最美好的”。

* * *

有一段时间了，我与娜嘉已经不再意见一致。说真的，也许我们从来就没有意见一致，至少是在看待生活中简单事情的方式上。她的应对办法是根本不予考虑，对时间彻底不感兴趣，对她时而会讲的无聊话和别的对

“‘啊，那不是希梅娜嘛！’……”

《男人们什么也不会知道》

‘我爱尔，我爱你’……”

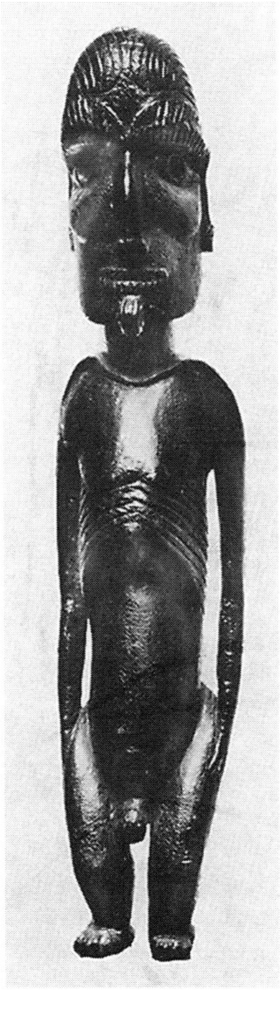

“大街上的‘马兹达’明亮的、一闪一闪的广告牌……”

（J.-A. 布瓦法尔 摄）

我来说非常重要的话不做任何区分，对我一时间会出现的一些情绪毫不关心，对我很难接受她那些最糟糕的心不在焉的状况的心态毫不在意。我已经说过，她毫不隐瞒任何细节地向我讲述她生活中最悲惨的一些遭遇，时而不合时宜地卖弄一下风情，让我只能皱着眉头，等待她转到其他话题，因为，很肯定的是，她不可能变得自然。多少次，我忍无可忍，因无法将她拉回对她价值的真正看法而绝望，几乎是逃离她，哪怕是第二天再去看她，只要她不同样绝望地指责我过于严厉，让我向她道歉！在这一方面，我不得不承认，她对我越来越不宽容，每次都是要激烈地争吵，而且她会找一些并不存在的平庸理由，让事情变得更加严重。对我来说，一切使人能够做到只要另外一个人存在着就够了，从不奢求超越他能够给予的，只要看到他移动或静止，说话或沉默，醒着或睡觉就足够了的东西，也不存在，从来就没有存在过：这一点太肯定了。而且只能这样，只要看看娜嘉的世界就可以了，在这个世界中，一切都很快就显得是一种升华或堕落。但我这是在事后进行评判，而且我说只能这样，也是有失偏颇。不论我有多大的愿望，也不论我有多大的幻想，也许我并没有达到她向我提出的东西的高度。但她又提出了什么呢？无所谓了。只有我理解的爱情——那可是一种神秘的、不太可能的、唯一的、让人晕眩的、不可怀疑的爱情——能够经受一切考验的爱情，才能在这里完成一个奇迹。

几个月前，有人告诉我，娜嘉疯了。据说，她在她所住的酒店走廊里的一系列疯狂行为，让她被关进了沃克吕兹的精神病院。换了其他人，都会对这一事实进行无用的感叹，因为一定会让他们觉得是那些前面发生的一切的唯一可能的结局。一些最精明的人会急着去寻找在我讲述的娜嘉的故事中一些已经属于疯狂的想法，也许他们还会认为，我在她生活中的介入，起到了一种可怕的决定性的作用，因为我的介入实际上助长了她那些疯狂想法的发挥。所有那些“啊！您看”，或者“这还不清楚”“我也觉得有些问题”“在这种环境下”，所有那些低级的混蛋，毫无疑问，我都会置之不理。重要的是，我觉得，对娜嘉来说，在一个精神病院的内部与外部之间，没有绝对的差别。然而，可叹的是，还是肯定有一定的区别的，比方说，钥匙在锁孔中转动的令人心烦的声音，花园的凄凉景观，在人家要给你擦皮鞋而你并不想的时候那些审讯你的人的严肃面孔，就像圣安娜医院的克洛德教授，

“就像圣安娜医院的克洛德教授……”

（亨利·马努埃尔 摄）

“麦子的灵魂”

（娜嘉的素描）

带着他那特有的固执神态和无知的额头（“有人要害你，是不是？——没有，先生。——他在说谎，上星期，他对我说，有人要害他。”或者，“您听到一些声音，是不是像我的声音一样的那种声音？——不是的，先生。——好的，他有幻听现象”，等等，不一而足），与所有制服一样的卑鄙的制服，甚至还有为了适应这一环境而必须做出的努力，因为说到底，那里也是一个环境，而作为环境，它就在某种程度上需要人们去适应。并不需要进入一家精神病院，就可以知道，人们在那里**制造**疯子，就像在一些劳教所内，人们在制造罪犯。难道还有比这些所谓的社会保护机构更可恶的国家机器？为了一点小事，为了随便一个与时宜或者常理不符合的行为，就将随便一个公民放置到其他人中间，这样的相邻对他来说只能是有害的，尤其是让他再没有机会与那些无论道德感或实践感都比他更稳定的人接触。报纸上说，在最近的一次国际精神病学大会上，从第一场会议开始，所有到场的代表一致认为，必须谴责人们的一个顽固想法，就是直到今天，一个人还不能轻易从一家精神病院出院，就像以前不能轻易走出一家修道院一样。直到现在，人们还希望一个人永久待在精神病院内，希望公共安全不要受到威胁，而实际上他没有任何必要在那里，或者已经没有必要在里面继续待下去。每一个精神病医生都在呼吁，通过一两个例子，表明需要增加医疗人员，尤其是大张旗鼓地提供各种例子，证明一些严重的病人过早或者不符合规定地恢复自由带来的一些灾难。由于在这样的情况下，多少有他们的责任，这就让人觉得，只要存疑，就宁愿不作决定。然而，在我看来，问题以这样一种形式提出来是不对的。精神病院的氛围肯定会对它们里面的病人产生最令人消沉、最有害的影响，而且与最初使他们消沉的方向是相一致的。而且，更为复杂的是，一切要求，一切抗议，一切不宽容的行为都会让您被指责为不合群（因为，尽管显得像是悖论，在这样一个领域，人们也要求您合群），只会形成一个新的对您不利的症候，只会妨碍您的痊愈，假如可以说能痊愈的话，而且还会阻碍您的状况稳定下来，只会快速变得严重。所以才会有精神病院中那么快速的病情恶化，而且本来一种病是不会出现那么多的病变的。在精神病学方面，我们应当控诉这一总是会从一时性发作的病情转化为周期性发作的病情的过程。由于精神病治疗的诞生既出人意料又很晚，在这种条件下，我们在任何程度上都不能说有什么完成了的治疗。而且，我想哪怕最有意识的精神病医生都对此毫不关注。从一般人的理解来看，不存在毫无道理的关进精神病院的案例，因为，总是有一个可以客观观察到的不正常的行为在先，而且只要是在公共场所进行的，就又有了犯罪的性质，才会有这样的比任何其他监禁都要可怕千倍的关押。这一点我承认。但是，在我看来，所有的关押都是没有道理的。我现在还是不明白，为什么人们可以让一个人失去自由。他们关押了萨德，他们关押了尼采，他们关押了波德莱尔。半夜三更来到你家，不由分说地套上强制疯子的紧身衣，或者通过其他任何让你就范的手段，就跟警察在你的口袋里放入一把手枪的做法一样。我知道，若我是疯子，已被关上几天，我一定会利用我的疯狂暂时减轻的一段时间，去冷酷地杀死一两个落到我手中的人，首当其冲的就是医生。我至少可以因此和那些暴乱分子一样，可以有一个关禁闭的单间。可能就没有人来烦我了。

我对精神病学的浮夸和花招的普遍蔑视，使得我还没有敢去询问，娜嘉如今怎么样了。我已经说了，为什么我觉得她的命运非常悲观，同时对像她那样的一些人的命运感到悲观。倘若是在一个特别的医院里，享受一个富人才能享受的待遇，没有任何可以危害她的邻近的人，相反，在需要的时候还有朋友来关心、安慰，那么，自己的趣味就会尽可能得到满足，渐渐地被拉回到一种可以接受的现实感，这需要人们不对她采取任何粗暴行为，耐心地让她自己慢慢地找到自己病情的缘由——我可能是有些猜测的成分，但一切都让我相信，那样的话，她可以就此终止这糟糕的一步。但是，娜嘉很穷。这在我们生活的时代就可以让人定她有罪，一旦她胆敢不与常理和良好风俗的愚蠢规则完全对路。而且，她还很孤独："有时候，如此的孤独是件很可怕的事情。我只有你们是朋友。"那一天她在电话里最后一次对我妻子说。她很强，同时又很弱，坚信她的一个想法，但我也一直鼓励她这样想，我还帮助她将这一想法看得比其他的都要更重：也就是说，自由，在这个世界上以上千种最难以做出的舍弃而得到的自由，要求人们在得到它的时候完全地、没有任何约束地享受它，不带任何实用的想法，而这是因为，人的解放，以它最简单的革命形式来看——但我们要知道，它已经是**所有意义上的，根据每个人拥有的能力而得到的**人的解放——是唯一值得人们效力的事业。娜嘉生下来就是为了这样一个事业效力的，哪怕是通过她而表明，围绕着每一个人都存在一种非常特别的阴谋，它不仅仅存在于人的脑子里。这一点，哪怕是仅仅出于了解的目的，也需要加以考虑，但同时，她那样做也要危险得多，通过将她的脑袋，随后是一只手臂，伸出逻辑这一最可恨的监狱的铁窗。也许，我应当阻止她这一最后的行为，但我之前也至少需要知道她这样做的危险。而我从来就没有假设过，她会失去，或者已经失去这一自我保护本能的**恩宠**——我上面已经提到过这一自我保护的本能——正是这一本能，让我和我的朋友们，比方说，可以在一面旗帜飘过的时候**保持镇静**——我们只是将头别过去。在任何情况下，我们都不介入我们觉得好的一方，我们也不做一些发泄的、漂亮的“亵渎”行为，等等。尽管我接下来要说的会让我显得神志不清，但我还是要承认，娜嘉曾经给过我一张签名为亨利·贝克[1]的纸条，上面是亨利·贝克给她的一些建议，即便这样一件事情，我也没有觉得有什么过分之处。假

1 亨利·贝克（Henri Becque，1837—1899），法国剧作家，生于巴黎。著有一些讽刺喜剧和现实主义剧目，代表作品有《巴黎女人》《乌鸦》等。他是十九世纪的人，娜嘉不可能认识他，所以此举原本可以被视为她已经疯狂的症状之一。

如那些建议对我不利，我就回答说：“像贝克这样一个聪明人，是不会对你说这些话的。”但由于她被贝克在维利埃广场上的雕像所吸引，喜欢他的神态，所以我很理解她为什么坚持要得到贝克的意见，而且在有些问题上，相信她确实得到了他的意见。至少，这与一个人去求助神明，让神指出自己应当做什么相比，没有更失去理性的地方。娜嘉的那些信，我在读的时候就像是读所有的诗歌作品一样，也没有让我觉得有什么需要警惕的地方。为了给自己辩护，我最后还要加上几句话。大家都知道，在疯狂与**非疯狂**之间缺乏边界，所以，我对来自疯狂或者非疯狂的感觉或者想法并不作价值上的区分。有的诡辩要比无可辩驳的真理更具有意义和影响：将它们作为诡辩而否认的做法，既不伟大，又没有意义。假如那些都是诡辩的话，至少幸亏它们，我才能够对我自己，对从最遥远的地方来与我本人相遇的那个我，喊出那声总是那么悲怆的：“是谁，站住！”是谁？是您吗，娜嘉？难道是真的，**来世**，来世中的一切就在这场生命中？我没有听到您的声音。是谁？难道只是我一个人？难道是我自己？

“贝克在维利埃广场上的雕像……”

（安德烈·布安 摄，1962）

“我真羡慕（这不过是一种说法而已）

所有那些有充裕的时间来准备、

创作一本书这样的东西的人……”

（亨利 · 马努埃尔 摄）

我真羡慕（这不过是一种说法而已）所有那些有充裕的时间来准备、创作一本书这样的东西的人，而且他们在写完之后，还能够对那本书的命运感兴趣，或者说到底对那本书会给他们带来的命运感兴趣。这些人怎么就不能让我相信，在写作的过程中，至少出现了一次真正可以放弃该书的机会！真的希望，他们可以告诉我们，为什么最终还是坚决写下去了。我也尝试过通过长期的酝酿而写作，但我太清楚了，这样一来，我会亵渎了我所喜爱的生活，因为生活是这样呈现给我的：它让人喘不过气来。在一个哪怕已经印刷出来的句子中的字词之间突然出现的空白，一边讲话一边在一批无法汇总起来的从句下面添加的一条线，对一些在几天之间彻底打乱一个人们以为可以等到答案的问题的全部要素的事件的省略，一些想表达的最遥远的想法以及最具体的记忆随着时间推移而不断承载、卸下的不可确定的情感系数：这一切都使得我只想去看将刚刚写下的这几行字与本书中两页之前才刚刚结束的几行字隔开的空隙。[1] 这是一个非常短促的空隙，对一个着急的读者，甚至其他读者来说，几乎可以是忽略不计的，但是我必须说的是，对我来说，它是巨大的，而且具有无可估量的价值。我怎么解释才能让人明白呢？假如我重读一遍这个故事，带着我肯定可以有的耐心，而且从某种程度上来讲没有私心的眼光，那么，我不知道，为了忠诚于我目前的感情，我还会让其中的多少内容继续存在。我并不坚持一定要知道这一点。我更愿意想，从八月份，也就是说它的中断时间，到十二月份，也就是说这个故事已经脱离我而去的时间，哪怕这一点让我战栗，因为我已经处于一份感动我的心

1 比方说，我曾在马赛老港的滨河道上，看一位非常老实的画家在日落前一会儿的时间里，以他全部的敏捷和快速，在画布上与渐渐隐去的光线搏斗。表示太阳的那个色点渐渐与太阳一起变暗。事实上，到最后什么也没有留下。画家突然发现自己已经晚了许多。他让一面墙上的红色消失，抹去在水面上留存的一两点明光。最后，他的画在他看来是画完了，在我看来，则是世界上最没有完成的画作。在我眼中，它既很悲凉，又很美。——作者注

胜于感动我的精神的情感的包围之下，我或好或坏地——就像人们可以做到的一样——经历了比这个故事中所保存的更为美好的希望，随后，你们爱信不信，我又经历了这些希望的实现，它们全部的实现，是的，不可思议的实现。这就是为什么，在我看来，贯穿这个故事的声音在人性的层面上还会响起，为什么我没有放弃我在其中放入的几处重音。而娜嘉，娜嘉这个人，还包括其他几个人，则已经是那么遥远……我耳边响起一个名字，已经不再是她的名字。从本书的第一页到最后一页我至少一直都信仰着的美妙之神带来的她，谁知道呢，已经被收回。

我从去这个故事中提到过的一些地方故地重游开始着手。我想根据我本人当时看它们的特殊视角，给出这些地方的摄影图像，也包括一些人或者物品。这样做的时候，我发现，除了极少数例外，其余我都遇到了阻力，以至于在我看来，《娜嘉》中的插图部分是不充分的：贝克的雕像周围是难看的栅栏，现代剧院的领导层已经变得非常警惕，普尔维尔比法国的其他任何城市都要死气沉沉，让人无法产生幻想。一切与《章鱼的包围》有关的东西几乎都消失了，尤其是，无法获得许可，去格雷万蜡像博物馆拍下这个假装躲到阴影里系吊袜带的女子[1]。虽然在这本书中，并没有提到这座蜡像，我还是非常重视它。在她一动不动的姿态中，我觉得，她是唯一一尊长了眼睛的蜡像：而且就是挑衅的眼睛。[2]而

---

1 布勒东在前文中并没有提到这名女子的蜡像。然而，她露出大腿，低头系吊袜带的姿态，与前文中出现的《女精神病人》中的人物索朗日的一个动作完全相同。在一九二八年的版本中，并没有出现这段文字，也没有所附的照片。

2 直到这一天之前，我都还没有能够在娜嘉对我的态度中看出一种对彻底颠覆原则的运用。这种运用多多少少是有意的，我只以以下事实为证：有一天，我在从凡尔赛到巴黎的路上开车，旁边有个女人，就是娜嘉，但也完全可以是另外一个女人，甚至另外的某一个女人。她用一只脚压住我踩在油门上的脚，她的手想捂住我的眼睛，用一个长长的吻将我带入忘我的境界，她希望我们就此永远只为对方存在，并以这样的状态，以最快的速度，与美丽的树木相遇。确实，这对于爱情是多么大的考验。当然无须加一句：我并没有同样的愿望。大家知道我当时的态度，据我所知，我对待娜嘉，一直都是只到这一层。然而，我还是要感谢她，以一种可怕的、让人难忘的形式，向我表明，假如我们对爱情有同样的认识程度，我们可以做出什么样的事来。现在，在任何情形下，我都觉得，越来越无法拒绝这样的诱惑。我所能做的，就是在这一最后的回忆中，感谢这位让我明白了几乎必须这样做的女人。正是通过一种挑战的极端力量，一些罕见的，可以互相之间期待一切、害怕一切的人可以相互认出对方。至少是在理想状态中，我常常觉得自己眼睛被蒙着，坐在这辆野性的汽车的方向盘前。正如我相信我的朋友们，在有人重金悬赏我的人头时，可以躲避到他们的家中，他们会冒着巨大的危险把我藏起来——他们欠我的，只是我在他们身上燃起的悲剧性的希望——同样，我相信在爱情的领域，对我来说，在所有条件成熟的时候，会再去做那次晚上的漫步。——作者注

“系吊袜带的女子……”

（巴勃罗·伏伊塔 摄，1959）

波讷–努韦尔大道，在那些美妙地被称为“萨科–旺泽蒂”[1]洗劫行为的日子里——可惜我那时不在巴黎——则好像回应了我的期待，成了我在混乱方面寻找的最大的战略地点之一，而且我坚信自己总是能够知道一些找到这类地点的暗号——我，还有一些其他人，都喜欢听从类似的力量，只要涉及爱情或者革命的最绝对的意义，并导致对其他一切的否定——波讷–努韦尔大道上那些重新粉刷过的电影院门面，从此以后对我来说凝固了，就仿佛圣德尼门刚刚关上。我看到了“双面具”剧院起死回生，又再次倒闭，变成了“单面具”剧院，而且虽然还位于喷泉街上，离我家的距离却近了一倍，等等。真是奇怪，正如那位可恶的园丁所说。但是，外面的世界就是这样的，不是吗，就像一个令人厌烦的故事，而如今的世道，让人都不想让家中的一条狗出门。

将不会是我去思考“一座城市的形状”[2]的结果究竟会

---

1 萨科（Sacco）、旺泽蒂（Vanzetti）是两名移居美国的意大利无政府主义者，他们于一九二一年被美国法庭在并无确切证据的情况下判处死刑，说他们杀死了两个人。一九二七年，两人被正式处死。这一事件随即在全世界引起了一系列强烈的抗议行为，其中有的付诸暴力。

2 引自波德莱尔的诗句：“一座城市的形状，唉，比一颗凡夫俗子的心变得更快。”（《天鹅》）

怎样，哪怕是一座真正的城市，一座通过某个元素的力量而从我所居住的城市中解脱出来的真正的城市——这一元素对我的思想之重要，就像空气之于生命。我丝毫没有后悔地在此刻看到它变成了其他东西，甚至逃离而去。它在滑动，它在燃烧，它沉沦在它的街垒疯狂的草丛的颤抖之中，在男人与女人继续漠然相爱的房间的窗帘的梦中。我让这一脑海里的风景只处于草稿状态，这一风景的极限让我气馁，尽管它令人惊讶地延伸到了阿维尼翁那边，在那里，教皇宫没有遭受冬日的夜晚和倾盆大雨的袭击，在那里，一座古桥最终在一曲童谣中倒塌，在那里，就在不久以前，一只美妙的、不可背叛的手指给我看一大块天蓝色的标牌：黎明。尽管有这样的延伸或者其他所有的延伸，让我在**有限**的核心中植下一颗星星。我是在猜测，而且在还没有确定下来的时候，我就已经猜到。然而，假如一定要等待，假如必须要肯定，假如一定要小心，假如必须做出必要的区分和隔离，而且仅仅是一部分，那么，我绝对会拒绝。让驱使我做出了那些仅有的正确行为的活跃、热闹的伟大的下意识拥有我的一切吧。我自愿剥夺自己拿回此刻交给它的东西的所有权利。我还要说，我只承认它，我只指望它，希

“一大块天蓝色的标牌：黎明……”

（瓦伦丁·雨果 摄）

望有充足的时间去走遍它宽广的堤岸，盯着一个明亮的点，而我清楚地知道，那个点就在我的眼睛里，它会防止我去撞上那些黑夜里的糊涂虫。

以前有人给我讲过一个那么愚蠢、那么阴暗、那么令人感动的故事。一位先生有一天到了一家酒店，要求租一个房间。给了他三十五号房间。几分钟之后，他下来了，把钥匙还给前台："对不起，我没有记性。我请求您，每次我回来的时候，我会跟您说我的名字：德路易先生，每次您就重复一下我房间的号码。""好的，先生。"一小会儿以后，他回来了，打开前台的门："德路易先生。""三十五号房间。""谢谢。"一分钟以后，进来了一位极其慌张的先生，衣服上满是泥土，浑身是血，几乎已经没有了人样。他对前台说："德路易先生。""啊？德路易先生？您可不能开这样的玩笑。德路易先生刚刚上楼。""对不起，就是我……我刚从窗户上掉下来。请问，我的房间号码是多少？"

* * *

我也听从了向你讲述这个故事的欲望，而当时我还几乎不认识你，你已经无法记起，但是，好像纯粹偶然一样，你知道了这本书的开头，那么及时地、那么强烈地、那么有效地介入，也许就是为了让我不要忘记，我希望这本书像一扇门那样敞开，而通过这扇门，我见到的，只是你进来。只有你进出。从我到现在为止所说的一切中，你只是在伸向“黎明”的手中接受了几滴雨水。[1]你让我那么后悔，写下了那句关于爱情的荒诞而无法撤销的话，唯一的爱情，是“经受一切考验的爱情”。你对于所有聆听我的人来说，不能是一个整体，而是一个女人，你只是一个女人，尽管你身上的一切都曾强迫我，在强迫我，视你为美妙的神兽。你做一切都是那么好，那些光辉的理由，对我来说不属于非理性，像雷电一样闪耀，并致命地击下。你是最活跃的尤物，你在我的路上出现，好像仅仅是为了让我全身心地去体验你身上没有体验的东西。你知道恶的存在，只是通过别人的转述。你当然如理想一般美丽。一切都把你拉回太阳初升的时候，而

1 一九二七年十一月，布勒东遇到了苏珊·米扎尔，两人一见钟情。文中的“你”指的就是她。他们离开巴黎，到了南方。十一月二十日，他们到达阿维尼翁，并在餐厅“黎明下”用餐。所附的照片上，由于取景的角度，只能看到“黎明”两字。在远景中可以看到阿维尼翁最著名的一座桥，圣贝内泽桥。在一九二八年的初版中，并没有附图。布勒东后来特意向女画家瓦伦汀·雨果要了这张照片，并添入修订本之中。

且因为这一点，我也许将永远不能再见到你……

没有你，我身上一直有的那种对天才的爱还有何用？我曾多次以这种爱为名，在各处寻找天才。我沾沾自喜，因为我知道天才在哪里，天才是什么，我认为天才可以与其他任何伟大的热情和平相处。我狂热盲目地相信你的天才。假如这个词让你惊讶，那我收回这个词，但我会很伤心。但是，那样的话，我就彻底将这个词驱逐。天才……那几个我自从见到你以后就失去了的有可能是天才的人，又能给我带来怎样的期盼！

你毫无心机地替代了我最熟悉的那些形象，取代了我预感中的许多形象。娜嘉是这几个形象中的一个，你将她隐去，真是太好了。

我所知道的是，类似的人与人的替代，将在你这里终止，因为你是不可替代的，而且对我来说，再明显不过的是，这一系列的谜只有在你之前，才会终止。

你对我来说，不是一个谜。

我的意思是，你让我永远地摆脱了谜。

既然你存在，而且是以只有你才知道的**存在**方式，那么，这本书的存在可能不再太有必要。但我还是做出了不同的决定，因为我想到了我在认识你之前就想给予它的结论，而且你在我生命中的闯入，并没有让我觉得这一结论变得无用。甚至，这一结论只有通过你才能具有真正的意义，拥有它全部的力量。

这一结论在向我微笑，正如有时你曾向我微笑，在眼泪的巨大灌木丛之后。你曾说："又是爱情。"有时，你还没有理由地说："拥有一切，否则什么也不要。"

我将永远也不与这一说法唱反调。激情就是靠它来彻底武装自己的，在世界与世界本身相对立的时候，冲上去捍卫世界。我最多会去质问这个"一切"的性质，是否，就这一点而言，作为激情，它不应当对我充耳不闻。它的**各种不同的运动**，即使我是其牺牲品——不论它是否有能力剥夺我的话语，剥夺我存在的权利——如何可以让我丝毫不再有了解它的骄傲，以及我在它面前，仅仅是在它面前自愿的绝对谦卑？我将不会不接受它那些最神秘、最难以完成的命令。除非想要按照它在世界之上产生的纯粹幻觉的力量，去阻止世界的运转。除非去否认"每一个人都希望，而且相信比他的这个世界更好，但是，更好的那个人只是比别人更好地表达了这个世界"[1]。

---

1 黑格尔语。——作者注

从这里肯定会产生出某种与美有关的态度，非常明显的是，直到现在为止，美都只是为了激情的目的才被人思考过。美不是静止的，也就是说，封闭在它的“石头之梦”中，迷失在那些“大宫女”的阴影中，迷失在那些声称只讲述一天之内故事的悲剧的最深层，也不是动态的，也就是说，完全听从疯狂地奔跑的摆布，在它之后，又开始同样疯狂地奔跑，也就是说比大雪中的一朵雪花还要轻率，也就是说，打定主意，永远不被拥抱，因为害怕被拙劣地拥抱：美既不动态，又不静态，我眼中的美，正如我见的你。正如我看到的将你给予了我的东西，这一点在一段时间里我已经说过，在此刻我又说，而我希望，而且以我的全部灵魂，我相信，我还会再说。它就像一辆不停地在里昂火车站跳跃的火车，而我知道，它永远也不会开走，它并没有开走。它是由一阵一阵的颠动组成的，其中许多次的颠动并不重要，但我们知道，它们最终会带来一次颠动，而这一次的**颠动**，却是重要的。它有着我不愿给予自己的所有重要性。智力到处在窃取它所没有的权利。美，既不动态，也不静态。人的心，像一台地震仪那样美。寂静的绝对权力……一张晨报将永远足以给我带来自己的消息：

某地，十二月二十六日。负责位于沙岛上的无线电报站的接线员捕捉到了一个电文的零星片段，这一电文是某人在星期天晚上的某个时间发出的。电文内容主要是：“出了一些问题。”但它没有标明飞机在此刻的位置，由于出现了非常糟糕的大气条件和相关的干扰，接线员没有能够看懂其他任何句子，也没有能够再连线。

该电文在六百二十五米的波长上发出；另一方面，根据信号接收的强弱程度，接线员认为，可以将飞机的位置定在沙岛方圆八十公里以内。

美将是痉挛的，否则就没有美。

读《娜嘉》有感

陈丹青

今日巴黎游客横行，毕加索与布勒东们倘若复活，是的，倘若他们以超现实的方式忽然醒来，眼瞧左岸右岸与蒙巴那斯一带每天千万名陌生人轮番参观、喧哗、拍照、吃喝，我猜这群昔年巴黎最风雅的精英必定万般沮丧，宁可逃回十九世纪。

虽然现代主义运动自上百年前诱发了当今时代的纷繁时尚——一九〇七年，毕加索刚刚画出他的《亚威农少女》，然后翻转画布，靠在墙上，差不多又过了二十多年才被同行接受，公开展出——但是，无论立体派、野兽派、达达主义、未来主义、超现实主义，还是二十世纪初随便什么主义的创立者，都不会梦见由他们舞弄的艺术而影响至巨的现代文明，今天是以这种吵闹伧俗的方式，成为日常巴黎的消费景观。

为《娜嘉》，为董强君的这份新译本写些什么，我自知轻率。超现实主义的任何一部文学作品，我都不曾读过，也无从觅得，因这场运动的几部代表作原典几乎不曾译介。使我贸然动笔的原因可能有二：首先，我熟知布勒东同代的画家；其次，经由他们的画作与传奇，我自以为熟悉巴黎。当我细读董强版《娜嘉》——译笔周正、用意谨严——我比他的学生们更差一级：完全不会法语。唯一使我得以进入文本“想象”的视觉依据，是我有幸数度游历巴黎，亲履布勒东与“娜嘉”当年游荡的大街小巷，领教残存其间的况味，从散漫而绵密的词语中，我历历“看见”其中出没的人物，尤其是，巴黎的气息——二十世纪的世纪之初，这世界唯巴黎才有那份气息。

这气息难以言传，除非去到那里。今日巴黎固然物是人非，但第三共和时期的楼宇、拱门、回廊、窗户、小雕饰、大屋顶……风韵犹在，还有塞纳河，以及巴黎上空清澈的雨云——而翻译乃何等绝望之事，在我读到譬如“在我们美妙的惊愕之余留下的简短空隙中”时，我确知，原文必是另一番节奏，另一种语音，即经翻译，尤其变换为东方词语。我相信，作者本人就会出现“美妙的惊愕”，因他的《娜嘉》，已进入他全然不懂的语言体系。

但无论如何，中国人于法国文学与法国绘画，并不陌生，唯百年来持续绍介法国文艺的过程，有那么厚厚一道文本缺失，仍属大憾，即使补正，也失去了最佳时态。在绘画的一面，我们大约了解浪漫主义到印象主义的脉络，而自塞尚的结构世界到杜尚的观念领域，至今为国中大部分西画家所隔膜；在文学的一面，细说起来，则大仲马、司汤达、雨果、巴尔扎克的“全知叙述”文学经典，我们大致有良好的译本；二十世纪八十年代迄今，欧陆“二战”后法国新小说作者群（包括“一战”前的普鲁斯特）译本亦陆续出版，但从马拉美、兰波，尤其是超现实主义群星——布勒东、阿拉贡、艾吕雅、阿波利奈尔、佩莱——的代表性经典，付之阙如。这于解读法国近三百年文学大统，是属致命的断层。民国期间，这一有序的译介已经启动：福楼拜的作品有过精当的中译本（李健吾是公认的权威），波德莱尔、瓦莱里（民国版曾译作“梵乐希”）、纪德的译本也已出现。但二十世纪五十年代后，这一过程中断三十多年，其中虽有傅雷的巴尔扎克与罗曼·罗兰，但前者毕竟属于十九世纪，后者并不能代表二十世纪上半叶法国文学的主潮。

文本接受的长期错位，是中国现代文艺创作的通病，其后果，非仅误读，而是无知。超现实主义的文本缺席则堪称“致命”——在绘画中，这一对应“品种”主要是衔接塞尚与毕加索的立体主义——几代中国作家致力于现代性创作的复杂实践，因此难以文脉贯通，无从把握欧洲文学从十九世纪到二十世纪的决定性跨越中究竟是什么，使现代主义成为其关键的转折。概括地说，超现实主义与立体主义，使文学和绘画从对现实的观照，转而进入对文本的审视——当布勒东说自己的书写乃出于“**反文学的原则**”，与塞尚说“**我正在呈现从未有过的绘画**”，出于同理。此前，福楼拜与库尔贝先期预告了布勒东与塞尚要做的事情，此后，马蒂斯会在二十世纪五十年代说“**我不是在画裸女，而是在画一幅画**”，罗兰·巴特则于二十世纪六十年代提出了“**写作的零度**”。

实在说，塞尚与毕加索早已过时了，一如布勒东的语言布局久已是文学博物馆旧藏。但在中国读者这里，即便超现实主义宣言与理论已粗有译介，但其创作文本却是从未完整展示的典籍。绘画的传播优于文学，史迹之于画家犹如翻阅画册，匆匆掀过早期现代主义页码，便即跑步追踪后现代主义尾端，自以为窃得时代的新机；而文学因了语言的重重渊薮，在中国，除却生熟莫辨的“意识流”与“朦胧派”诗作，当代小说的暧昧资源，整体上仍然远在十九世纪，尚未触探布勒东一代语言实验的上下文，进入货真价实的现代主义。作家们可能对博尔赫斯、纳博科夫、昆德拉、马尔克斯们头头是道，并肆意仿效，不知这几位老将的私人文学履历，是在二十世纪文学全景观之中，且对超现实主义的宝典如数家珍。

文学的“现代性”非指“现在时”。若细数年代，早经褪色的二十世纪初岁，世界范围现代文学莫不为法国人的革命性写作所惊动，此后施惠于各国的写手。当二十世纪八十年代初冯汉津先生提呈《娜嘉》的初译本，中国人刚刚试图恢复西方十九世纪文艺的残破记忆，而董强君的精译本在此时出现，仍然是为功德。在西方文艺对中国时断时续的影响中，文本的紧密衔接，已属奢求，此刻阅读《娜嘉》的意义可能不再是了解超现实主义，而是了解我们错过了什么，审视中国现代主义文学实验与西方源流究竟处于怎样一种近于虚空的，至少是极不可靠的关系——这可能真的应被称作“超现实”关系。

《娜嘉》的启示亦复如此：当布勒东试图描述他与一个女人的关系之际，婉转进入一位作家与章句和词语的关系。就此而言，董强君亦步亦趋的译笔——包括配齐原典附带的插图——允称信实。

2008 年 12 月 30 日写在北京

娜嘉，仅仅是个开始

伍 倩

一九二八年，《娜嘉》初版，自此，围绕同名女子娜嘉的争论从未停止：谁是娜嘉？她真的存在过吗？尽管作者布勒东一再声明反对“小说”这种体裁，反复向读者保证娜嘉确有其人，有些文论家还是坚持宣称，娜嘉只是小说中的虚构人物——如同异教徒怀疑处子圣母的真实性，因为根据书中所述，这样一位超现实主义的缪斯出身贫寒，曾经贩毒，几乎卖淫，并最终堕入疯狂。书中仅有的一帧娜嘉自己的照片，只是一组四双她“蕨菜般的眼睛”的蒙太奇，布勒东拒绝将他的娜嘉巴尔扎克式地呈现给读者，自始至终，娜嘉谜一般的面孔都是个谜面，而谜底则叫作“我是谁？”显而易见，他有意将娜嘉看作一条道路，经由她而走向自我，走向超现实主义的核心。

一九八八年，玛格丽特·波奈首次将历史上的娜嘉推上前台。看看简历，她既非天使亦非魔鬼：原名蕾奥娜·卡米耶·吉斯莱娜·D.（Léona Camille Ghislaine D.），生于一九〇二年五月二十三日，里尔近郊工人区；一九二〇年曾育有一女，三年后，她将女儿托付给父母，只身赴巴黎；打短工，做女店员，跳舞，结识“男性朋友们”……总之为了生计而奔波，直至一九二六年十月四日，命中注定地邂逅了她的布勒东。至于“娜嘉”这个名字，由于蕾奥娜自己不通俄文，因此人们推断，她是借用了同期一位舞蹈演员的艺名（布勒东后来结识了这位娜嘉，并与其保持通信）。布勒东对于娜嘉充满激情，一如历史学家对于最古老的化石、物理学家对于最新型的射线的激情。布勒东始终趴在他的显微镜上观察娜嘉，记录娜嘉，思考娜嘉，而娜嘉则更希望成为布勒东的伴侣。亲密无间的几天过后，二人关系逐渐疏远，但仍保持通信；其后，感情的不平等加剧了种种不和。一九二七年二月，发生了书中提到的“最后一次相见”：在娜嘉不断要求下，布勒东托付一位朋友——很可能是苏波——将一本借来的练习册归还她。一九二七年三月二十一日，贝克莱尔街某旅馆的老板电话招来警察，声称有位女客的情况很糟，娜嘉被警察带走，关入圣安娜救济院，其时，她已是一位不折不扣的精神分裂症患者。三天后，她被转去佩莱-沃克吕兹医院，次年，父母将她送至法国北部的一家精神病院。一九四一年，娜嘉终老于此。直至去世，布勒东再未见过她。

布勒东称娜嘉为“超现实主义最自然也是最真实的展现”，绝非言过其实。这个“活生生”的人物犹如超现实主义的一个突破口，比如，娜嘉在《娜嘉》中的突破口，就已是活生生的“超现实主义”式——在巴黎的街头闲逛。伊夫·斯塔洛尼曾说，巴黎是超现实主义者的圣城，引用几部超现实主义作品的名称便知：一九二六年，路易·阿拉贡，《巴黎农民》；同年，保罗·艾吕雅，《痛苦之都》；一九二八年，菲利普·苏波，《巴黎的末夜》……而早在一九一九年，“游逛”巴黎已使未来的超现实主义者们着迷，就像纪尧姆·阿波利奈尔在其《醇酒集》中所宣称：巴黎是个与美邂逅的地带。巴黎的魅力，在于走上其支离破碎的街道，去与奇遇碰撞。在《交谈》一书中，布勒东承认，《娜嘉》这部作品“将闲逛的爱好发展到了极致”。

就像所有超现实主义者，娜嘉天生爱好“游逛”，她在一九二六年十二月一日的便条中如此表白：我爱生活，我爱街道，我沉醉于种种冲动。娜嘉曾一天内游走喷泉街六次之多。十月六日，当她试图爽约，放布勒东的鸽子时，并不选择躲于某个角落，而是跑到街上来闲荡，由此而迎头撞上同样在大街上转悠的布勒东。有趣的是，娜嘉手中正拿着布勒东的《迷失的脚步》。在她首次翻阅此书时，曾惊奇自语：“迷失的脚步？可是，迷失的脚步不存在啊。”多自然，对于娜嘉，并无一步多余，每条路均有其所指，即使无方向，也不会迷失，毫无目的的脚步也有其命运的目的。当布勒东问“你是谁”，娜嘉毫无犹疑地说：“我是游荡的灵魂。”她甚至不需要肉体，她的游荡不再局限于巴黎，而在整个宇宙，在全部由符号组成的令人眩晕的、只为有天赋者而存在的世界中。布勒东将娜嘉定义为“马路天使”，因为大街小巷是她觉得唯一有价值的体验**场所**（champ）。在超现实主义词汇之中，“场所”一词分量颇重：一九一九年，布勒东与苏波合写《磁场》，阿拉贡称“**一切**始于此书”；一九六七年，布勒东的遗作题为《场所之匙》。在布勒东眼中，街道这个场所具有磁性，随时会与美发生碰撞，而娜嘉无疑等于一根“固执地指向荒凉的北方”（布勒东，《疯狂的爱》）的磁针，被看不见的真正力量所吸引、转动，直到“此处，磁针疯狂”（《疯狂的爱》）。

布勒东承认，从未尝试与被囚于精神病院的娜嘉见面，这种坦白遭受来自各方的指责。然而，批评他“残忍”“冷酷”，或在交往期间无视娜嘉日益恶化的精神状况，都不太公平。对于“疯狂”与“正常”的界限，超现实主义者本就不敏感，更不赞成。《超现实主义宣言》不就曾向逻辑、理性大力开火，并出言不逊地将荣耀了几世纪的理性称为“婊子”吗？超现实主义者只信任理性的反面：直觉、灵感、潜意识、想象力，娜嘉的行为，只会迎来超现实主义者们的欢呼。在《一封给疯人院主治医师的信》中，布勒东这样写道：“法律、习俗给了你们衡量精神的权利……真让我们发笑！”他反对定义精神的条条框框，抨击精神病院，将精神病症看作一种恩赐，一种使其患者更加接近潜意识、生活的无理性、灵光般启示的恩赐。超现实主义者们的革命不在于推翻旧世界，而是颠覆一切旧世界的观点、角度、习俗……因此他们分外偏爱偏执狂患者，因他们始终以自我的需求而重构整个世界。当娜嘉开始陷入疯狂边缘，甚至出现幻觉，听到了生活在十九世纪的剧作家亨利·贝克给她提供的建议，布勒东也并不觉得惊讶。在他来看，这只是娜嘉靠着直觉与诗意来生活的表现。再没有比超现实主义者更欣赏疯狂的群体了，布勒东将疯狂与诗歌、爱情置于平行的地位。

依靠疯狂，娜嘉的确是位“通灵者”，可以做出预言，看见无形的事物，一眼勘破文字、图像下隐藏的意义。可能得于遗传，她小小的女儿也“总是想拿掉布娃娃的眼睛，看看这些眼睛后面，**有什么**”。而在诗人当中，最著名的“通灵者”兰波则称：“诗人长期、广泛、有意识地打乱所有感官功能使自己成为通灵者。各种形式的爱、痛苦和疯狂……诗人会成为芸芸众生中最严重的病人、最邪恶的罪人、最受诅咒排斥之徒——同时也是最伟大的智者！因为他到达了未知！”真正的通灵者，其疯狂不可避免。一九二七年一月，在寄给布勒东的一封信中，娜嘉写道：“雨仍在落，屋中阴晦，心在深渊，理性已死。”超现实主义者们毕生致力于理性的死亡，娜嘉的疯狂是种天赋，而非罪恶。她身上理性的死去，正是超现实主义的胜利。娜嘉，这个不愿通过“荒唐的思考”来“破坏甚至淡化”对布勒东感情的女子，这个自认为以力量而非爱情的方式从属于布勒东的女子，这个站在他面前，朗声呼唤他，要求他写一部关于她的“小说”并别对这个要求说不的女子，她不只给了我们一部“小说”，她给了我们超现实主义最灿烂、最伟大的作品之一。残酷些说，对于娜嘉，疯狂也许不幸，对于《娜嘉》，疯狂却是大幸，就如娜嘉自己所写：“我气息的终止，便是你气息的开始。”她以疯狂到达了超现实主义的最高境界，以自身命途的黯淡成就了作品永久的辉煌。

出场时是巴黎街头的马路天使，退场至超越精神边缘的疯狂，娜嘉一始一终，简直像在刻意诠释超现实主义精神。除此之外，她集“仙女”与“梅吕西娜”（人头蛇身的怪物）于一身的双面性，犹似一枚超现实主义的钱币，把握她，就将把握住整个运动的时代气息与质感。布勒东最重要的思想之一，也是他在《娜嘉》前言中反复强调的，就是利用类比来联系起看似相差十万八千里的事物（同时又说不出具体的联系究竟存在于何处）。他鼓励我们由“圣母手中的线”一下子跳到“蜘蛛网”去，就像他在一个被生活薄待、被登徒子当众殴打的赤贫女孩儿身上找到了超现实主义精神的最高点。进一步说，既然布勒东向读者指明了在街上碰见一个娜嘉的可能性，他也指明了自己最独特的超现实主义观点（与其他超现实主义者，比如阿拉贡的观点截然不同）：超现实存在于现实中。布勒东实际做了个类比，将超现实主义精神比作娜嘉，在娜嘉这个点上，不可能共存的一切都得到了融合，善与恶、美与丑、高贵与堕落、清醒与疯狂——或者说，这些假象的矛盾从未真正存在过，超现实与现实从无界限。

纵观文学史，波德莱尔也曾向这样正邪一体、不知“来自天堂或深渊”的美人献上过赞歌，可娜嘉与波德莱尔的缪斯们不同。当波德莱尔从他绿眼睛的女伶，黑维纳斯，女议长的头发、气味、身体中提炼异乡，攫取永恒时，娜嘉身边的布勒东则声称，比起娜嘉本人，他与娜嘉身边的“事”更加接近。娜嘉并非盛放诗人灵感的肉体容器，她是他精神的反射器，她“蕨菜般的眼睛”是诗人照见自我的最忠实的镜子。

而娜嘉的镜子，如果有的话，无疑便是雅克·瓦歇（一如罗兰·巴特《S/Z》中倒置性别的镜子）。与娜嘉的情况如出一辙，当布勒东将瓦歇奉为超现实主义的开创者，并为其大唱赞歌时，瓦歇本人也受到了各方的质疑：真有这一号奇人吗？除了因服药过量而造成的暴死，真实的瓦歇简直名不见经传，便在南特的一个小文学团体中也毫无名气。而一九二六年十一月一日，娜嘉在看过《娜嘉》初稿后，在信中向布勒东表达了不满，将该书称为“一幅我的不太自然的肖像”。由此可见，布勒东夸大了——有心或无意地——他这一组超现实主义精神代表者的本质。他并不在看真正的他们，他是在他们身上看他自己。因此，在《娜嘉》末尾，布勒东不假掩饰地提问：“是谁？是您吗，娜嘉？……难道只是我一个人？难道是我自己？”尽管如此，娜嘉仍是无可取代的。布勒东诗人的天性导致他时时都在诗化生活，可在成千上万次尝试中，只取得了瓦歇与娜嘉一对成功。举个小例子：一九三八年，当某位叫特莱丝的女子也有幸得到布勒东激昂抒情的赞美时，该女子回馈以嘲弄，以至于后来的评论界给了她一个绰号，“反娜嘉”。波德莱尔最著名的口号便是：你给我泥巴，我将其变成黄金。但对于同样是位炼金师的布勒东来说，特莱丝这样的泥巴半点用处也无，他需要一颗“够得上高度”的点金石。娜嘉就是《娜嘉》的点金石，价值连城。

简单来说，《娜嘉》中的超现实主义女神既非百分百忠实地拓印了蕾奥娜 · D.，也非布勒东凭空的创造夸张。

伟大的炼金师，难得的点金石，两者缺一不可。犹如一座大瀑布，齐全了飞流直下三千尺的水帘，与深达千尺的桃花潭，才可能激起这弥漫一切、神秘而宏大的超现实主义水雾。

无论如何，娜嘉只是《娜嘉》的一部分，组成书的所有：摄影、绘画作品、文字、前言与尾声中的哲思、事件、戏剧、引用、黑色幽默……每种方式都是通往超现实主义的罗马的大路，犹似顺着任何一根手指下滑，都可到达无垠的融会贯通的掌心。但由于这样一本小册子几乎涵盖了整个超现实主义文化，充满无限可能性的解读，导致许多人仅理解了枝干便自以为得其精华，一个跟头十万八千里地写下“齐天大圣到此一游”，殊不知只站在无数根支撑起超现实主义文化巨柱的某一根或两根之下。而更多的人由于缺乏导引，不得不在指腹便止步，为难地退却（比如无法理解为何同为超现实主义，《娜嘉》的文字玻璃般透明地记录现实，而收录的许多画作却荒诞不经地歪曲实际影像）。

作为研习法语文学的学生，初遇布勒东的文字，全班皆云里雾里，一片抱怨之声。幸运的是，我们能够拥有董强先生这样一位导师。于连·格拉克曾将永行在超现实主义道路、寻找启示的布勒东赞为“骑士”，而董强老师亦得法国政府授予教育骑士荣誉勋章。这位骑士不辞辛苦，以自身精深的语言功底，通透的见解，渊博的文学、绘画、摄影、宗教等各领域学识为利器，为我们披荆斩棘，重行超现实主义骑士走过的险境，使我们这班孩子得以初窥超现实主义大门中半掩的仙境。记得董强老师这样教导过我们：做学问如同撒网，撒下去要广，而收得要紧，才能有像样的收获。我们尽可把精而又精的《娜嘉》当成一张已收起的巨网，用点力，再将其重新抛向整个超现实主义文化，就从这张网的任何一孔张望出去，都可延伸至无穷。至于娜嘉，这个永世在巴黎大街上游逛、画着黑眼线、嘴角挂着一丝不易察觉的微笑的灵魂，她将是我们潜入超现实主义文化汪洋的一个开始，“而且仅仅是个开始”。

布勒东生平和创作年表

1896 年　2 月 19 日，布勒东诞生在法国奥恩省。

1900 年　随全家搬到巴黎近郊庞坦镇。

1901 年　布勒东到圣伊丽莎白学校里学习。

1902 年　进入庞坦小学读书。

1906 年　从庞坦小学毕业。

1907 年　小学毕业后，他继续在庞坦小学学习，为考入中学做准备。10 月，迈进沙普塔尔中学的校门。

1912 年　夏，顺利通过高中会考。

1914 年　3 月，初次与瓦莱里相识。8 月，德国对法国宣战。10 月，顺利考入医学院。

1915 年　4 月，应征入伍，先任炮手，接着在战地医院任医生，后又返回部队任炮手。12 月，与阿波利奈尔建立通信联系。

1916 年　3 月，与瓦歇在医院中相识，并结下深厚友谊。

1917 年　9 月，在荣誉军人医院，与阿拉贡相识。

1918 年　7 月，进入南特医学院继续学业。11 月，第一次世界大战结束。

1919 年　1 月，与苏波、阿拉贡共同创立《文学》杂志。3 月，与艾吕雅相识，并约他参加《文学》杂志社的编辑工作。10 月,《文学》杂志首次刊载了布勒东与苏波合写的《磁场》，这是用“自动写作”的方法写成的作品。

1920 年　9 月，与西蒙娜结婚。

1921 年　他前往奥地利拜访了弗洛伊德，但弗洛伊德并不理解布勒东的想法。

1923 年　创作并出版了《迷失的脚步》《地光》。

1924 年　撰写了《超现实主义宣言》，将近几年所写的诗编入《可溶解的鱼》。年底，创办《超现实主义革命》杂志。

1926 年　与阿拉贡等超现实主义者一起加入共产党，随后不久便退出共产党。邂逅了娜嘉，酝酿并创作出《娜嘉》。撰写《超现实主义与绘画》一书。

1927 年　结识了苏姗，由此与西蒙娜发生感情危机。

1928 年　与西蒙娜离婚。

1929 年　撰写并发表了《超现实主义第二宣言》。

1930 年　与阿拉贡等超现实主义者共同创立了《服务于革命的超现实主义》杂志，并任杂志主编。

1931 年　发表了著名诗篇《自由结合》。

1932 年　将 1915—1932 年间创作的诗篇编入《白发手枪》。年底，创作并发表了《连通器》。

1934 年　伽利玛出版社将布勒东自 1924 年起所写的政论性文章、檄文及序言等汇编成集，以《黎明》为题出版，此文集还收录了已绝版的《〈论现实之少〉导言》。8 月，布勒东与雅克琳娜·朗巴在巴黎结婚。

1936 年　世界作家代表大会在巴黎召开，布勒东与苏联代表发生激烈冲突。

1937 年　创作并出版了《疯狂的爱》。

1938 年　3 月，布勒东在雅克琳娜·朗巴的陪同下前往墨西哥讲学，并在那儿逗留了 4 个月，其间与流亡在墨西哥的托洛茨基见了面。

1939 年　9 月，战争一触即发，布勒东再次应征入伍，先后在步兵师和飞行学校任医师。

1940 年　5 月，法军在色当全线溃败。6 月，法国贝当政府向德军请求停战。8 月，布勒东复员，带着妻子、女儿前往法国南方，此前他编撰了《黑色幽默文选》，创作《海市蜃楼》，但出版计划却遭到贝当政府的刁难。

1941 年　3 月，布勒东携妻子、女儿乘船前往美国，从此开始了一段流亡他乡的生活。

1942 年　布勒东在异国他乡颇感孤独，逐渐拒绝与外界交往，并因此与性格外向的雅克琳娜产生分歧，直至感情破裂。

1943 年　在纽约结识了埃丽莎。

1944 年　在与埃丽莎这位智利女子的交往过程中，创作了《秘术 17》。

1945 年　《超现实主义与绘画》一书再版，新版本收录了《超现实主义艺术的起源及前景》。在与雅克琳娜离婚之后，娶埃丽莎为妻，此时开始动笔创作《夏尔·傅立叶颂》。年底，前往海地讲学。

1946 年　5 月，返回法国。

1947 年　《夏尔·傅立叶颂》出版。在麦格画廊举办国际超现实主义画展。

1948 年　任《荧光》杂志主编。

1952 年　法国广播电台播放了他的《谈话集》。

1953 年　《场所之匙》出版。

1957 年　5 月，历时 4 年撰写的《魔法艺术》一书（与热拉尔·勒格朗合作）终于问世。

1959 年　米罗于 1940—1941 年间绘制了 22 幅水彩画，总标题为《星座》。布勒东为这 22 幅画创作了散文诗。

1962 年　《娜嘉》修订本出版，作者添加了一个《前言》。

1966 年　9 月 28 日，布勒东在巴黎去世，享年 70 岁。

袁俊生　编译